Der falsche Gruß

Vom selben Autor

Maxim Biller

Der falsche Gruß

Roman

Kiepenheuer & Witsch

Er beneidete die Klavierspieler
um ihre Begabung, die Soldaten um ihre Narben.

Gustave Flaubert, Die Erziehung des Herzens

1

Es war eine Mischung aus Hitlergruß und dem verrutschten Armwedeln eines Betrunkenen, aber vielleicht war es auch einfach nur mein ungeschickter Versuch, den französischen Quenelle nachzumachen, das weiß ich nicht mehr genau. Jedenfalls stand ich eines Nachts vor fünf Jahren im Trois Minutes in der Torstraße vor dem ewigen Unruhestifter und Menschenfeind Hans Ulrich Barsilay und machte das erste Mal seit meiner Kindheit wieder meine absurde Nazigymnastik. Gleichzeitig trat ich wütend gegen den Tisch, an dem er seit zwei Stunden mit Leo Meinl, dem immer nervösen Talk-Show-Anwalt, Zanussi und Zanussis linksradikaler, französischer Exfrau Lola saß, die heute vermutlich alle von Barsilay nichts mehr wissen wollen, und zischte »So viel Blödheit muss weh tun« und »Du kleines Arschloch …« in seine Richtung. Dann senkte ich den Arm schnell wieder, wenn ich mich richtig erinnere, und starrte schweigend auf den Boden. Als ich hochschaute, saßen Meinl, Zanussi und Lola nicht mehr ganz so dicht neben Barsilay an dem langen, weißgedeckten Bistro-Tisch wie vorher, und während ich in den Augenwinkeln deutlich Barsilays erschrockenes, dummes Trotzkigesicht sah, kämpfte ich mit meiner Übelkeit und meiner Angst vor dem Skandal, der mir nach meinem Hitlergruß-Blackout drohte. Wer war ich, wer war Barsilay? Und hatte ich nicht an diesem schrecklichen Abend aufgehört, Schriftsteller zu sein, noch bevor ich damit so richtig angefangen hatte?

Als ich dann eine halbe Stunde später über die schwarze, laute Torstraße nach Hause zum Teutoburger Platz lief, sah ich bereits, wie ich, ein moderner Nazi-Émigré, gleich am Morgen einen Koffer packte, mit dem Zug nach Hamburg fuhr und von dort das letzte Schiff in Richtung Amerika nahm, um für immer Deutschland zu verlassen – verjagt und ausgestoßen, bloß weil ich aus Versehen gegen eines der ungeschriebenen Gesetze der großen Umerziehung verstoßen hatte.

Ich war, glaube ich, fast schon in der Gormannstraße, als ich plötzlich wieder umdrehte und zum Rosenthaler Platz zurückging, wo gerade dieser neue riesige, helle Schnapsladen aufgemacht hatte – »Liquor store« stand darüber, als wäre ich längst auf der anderen Seite des Atlantiks angekommen –, und dort suchte ich mir den teuersten Wodka aus, den sie hatten. Er war aus Finnland, die Flasche sah aus, als hätte man sie aus einem Eisblock herausgeschlagen, und als ich beim Bezahlen zufällig die Hand der kleinen Orientalin mit dem turmartig hohen, minzgrünen Kopftuch berührte, die ein überraschend schönes, klares Deutsch sprach, dachte ich: Ihr armen, armen Leute, nach mir seid bestimmt ihr dran! Was wird man euch vorwerfen? Auschwitz wohl kaum, aber bestimmt irgendwas mit den Armeniern.

»Barsilay ist überall«, flüsterte ich der kleinen Türkin oder Araberin zum Abschied verschwörerisch zu. Sie nickte stumm und höflich, und als ich noch im Laden die finnische Flasche aufmachte und in einem Zug fast ein Drittel austrank, sagte sie auch nichts.

2

Das erste Mal hatte ich Barsilays seltsamen Namen gehört, noch bevor ich anfing, zu studieren. Mein Vater – manche sagen, dass ich von ihm meine ungewöhnlich schnelle Auffassungsgabe habe, aber leider auch seine fast aufreizende Verletzlichkeit und seine professorale Verträumtheit – kam an einem sonnigen Sommertag irgendwann Anfang der neunziger Jahre sehr viel früher als sonst aus der Universität nach Hause. Er hatte rote Flecken im Gesicht und auf dem Hals, er schwitzte so sehr, dass die Ansätze seiner gelbgrauen Haare nass waren und dunkel über der hohen Denkerstirn glänzten. Und weil sonst keiner da war außer mir, erzählte er mir, was ihn so aufgeregt hatte, dass er nicht weiterarbeiten konnte. Er hatte in der Mittagspause zufällig Barsilays bestürzenden FAZ-Essay über »die Affen von Rostock-Lichtenhagen« gelesen – so nannte Barsilay die Idioten, die fast ihre eigenen Häuser angezündet hätten, um ein paar arme Vietnamesen aus ihnen zu verjagen –, und jetzt stieß Papa immer nur Barsilays fremd klingenden Namen aus, zweimal, dreimal hintereinander, um danach plötzlich ganz laut ein unsichtbares Publikum zu fragen: »Wer dreht an der Uhr der Geschichte? Sind es die Ewiggestrigen oder sind es ihre Opfer?«

Barsilay behauptete in dem Artikel, den ich fast zehn Jahre später als Student für meine nie geschriebene

Magisterarbeit das erste Mal selbst las, Ostdeutsche wie die Rostocker Randalierer würden Westdeutschen wie ihm jeden Tag die Heimat ein bisschen mehr stehlen. Aber dass die Westdeutschen uns über Nacht heimatlos gemacht hätten, verschwieg er natürlich, wie mein Vater meinte. »Leute wie dieser Barsilay, mein Kleiner«, sagte mein lieber, kluger Papa ungewöhnlich verächtlich, während er mit der brennenden Zigarette am offenen Fenster in unserem riesigen Wohnzimmer an der Ecke Gustav-Adolf- und Funkenburgstraße stand, von wo man das tiefe, wabernde Grün der riesigen Linden und Kastanien des Rosentals sehen konnte, aber auch das hohe, weißgraue Dach des alten Zentralstadions, »solche Leute suchen sich immer die falschen Genossen. Und dann gucken sie genauso dumm auf die Welt wie die Bolschewiken, die sie nie waren. Naja, es ist ja sowieso meistens dasselbe.« Damals, mit 16, sweet sixteen sozusagen und genauso verwirrt und wütend wie fast alle in meiner Klasse, wusste ich noch nicht genau, was er meinte, aber ich fühlte, dass wir beide endlich mal wieder auf einer Seite standen, wenigstens für ein paar Sekunden.

Als ich, wie gesagt, fast zehn Jahre später bei Sartorius in Berlin meine Arbeit über »Spätbolschewismus als Identität und Nachteil« schreiben wollte – wie dumm muss man sein, um seinem reaktionären Magistervater noch vor der ersten Zeile die eigene rosarote politische Einstellung zu verraten? –, war Barsilays Lichtenhagen-Artikel einer der ersten Texte, die ich mir besorgte. Ich saß in der Staatsbibliothek Unter den Linden im alten Lesesaal, an einem der altvertrauten, hellen Hellerau-Tische, die später, nach der angeblich so behutsamen Nachwende-Renovierung, spurlos verschwunden waren. Und während ich mit meinem schönen, leicht windschiefen Dessauer-Zeigefinger über das vergilbte, beinah sozialistisch braune FAZ-Papier fuhr und flüsternd Barsilays knappe, gehetzte, viel zu eingängige Sätze mit den Lippen mitlas, erinnerte ich mich daran, wie es an dem heißen, drückenden Leipziger Augustnachmittag weitergegangen war, als mein Vater wegen Barsilays Frechheiten nicht weiterarbeiten konnte und mir, nach seiner atemlosen Suada, erklärte, dass es immer nur *die* und *uns* geben würde – und dass ich das nie vergessen sollte.

Papa rauchte noch mindestens vier oder fünf Zigaretten am Fenster, während ich neugierig in der Tür stand und ihm zuhörte. Er bot mir sogar eine an, was er vorher nie gemacht hatte, und obwohl ich sie sehr gern wollte, beschloss ich, Nein zu sagen. »Dann umarm mich wenigstens, Erck, du kleiner Bandit, du großer Punker«, sagte er halb beleidigt, halb erleichtert. »Du bist jetzt groß genug, um deinem alten Vater Mut zu machen.« Das machte ich nach einem kurzen, unsicheren Hin und Her zwischen Tür und Fenster dann auch, ich dachte dabei, warum riecht er nach Apfelsinen, wir haben doch nie Apfelsinen, und wieso hält er mich so vorsichtig wie ein Baby. Hinterher gingen wir, das erste Mal seit vielen Jahren, zusammen im Rosental spazieren.

Papa ging meistens schneller als ich und warf immer wieder wie ein Dirigent seine langen, sehnigen Dessauer-Arme in die Luft, die ich natürlich auch habe, ein Erbe unserer Rostocker Werftarbeiter-Vorfahren. Er machte

»Ah!« und »Oh!« und erzählte mir, wie er in jedem Park, aber besonders bei uns, im wunderschönen, luftigen Rosental, innerhalb von wenigen Sekunden vergesse, dass er eben noch todmüde oder unglücklich gewesen sei. Danach fing er an, die vielen anderen Parks aufzuzählen, in denen er schon war, Verhältnis Ost zu West, glaube ich, so ungefähr dreißig zu drei. Wir standen gerade in der Mitte der riesigen Wiese und Papa rief armwedelnd »Városliget!« und »Sokolniki!«, als plötzlich ein Kamel an uns vorbeilief. Es war sehr groß, weiß, seine Höcker wackelten beim Laufen, und es hatte ein altes, trauriges Gesicht. Es erinnerte mich ein bisschen an Großvater Julius – in der Familie immer nur »der arme, arme Julius« genannt –, der sich wegen seiner halb-arischen Herkunft freiwillig zur Wehrmacht gemeldet hatte, um im Reich nicht unangenehm aufzufallen, und den ich bloß als abgemagerten, weinenden Greis gekannt hatte. Erst nachdem das Kamel hinter den Büschen des Scherbelbergs verschwunden war, fing ich an, mich zu wundern. Man hörte immer wieder, dass Tiere aus dem Zoo ausbrachen, aber ich hatte so etwas noch nie selbst erlebt und das auch nicht richtig geglaubt, und als ich zu Papa sagte: »Wahnsinn, Papa, hast du das gesehen?«, sagte er lächelnd: »Es kommt einem so vor, als würde man träumen, richtig?«

Als wir dann bei dem langen, mit Schilf und wilden Sträuchern spärlich bewachsenen Graben ankamen, der das Rosental nur dürftig vom Zoo trennte, sagte er: »Siehst du? Keiner da! Sie tun so, als würden sie in ihren Gehegen und Käfigen schlafen. Aber sie verstellen sich natürlich nur. Komm, wir warten, ob bald wieder eins von den

Tieren so verrückt ist, wegzurennen.« Er packte mich am Arm und brüllte mich fast an: »Man darf nie wegrennen, Erck, verstehst du?! Egal, wie schlimm es in dem Gefängnis ist, in dem du lebst. Wanderschaft ist nichts für Leute wie uns. Hoffentlich wird der arme König der Dromedare bald von seinen Wächtern eingefangen, sonst geht es ihm dreckig in der Freiheit.« Ich schwieg, ich dachte, was will er mir damit sagen, und dann sagte ich: »Papa, jetzt hätte ich doch gern eine Zigarette.«

Das alles ging mir also durch den Kopf, während ich fast ein Jahrzehnt später in Berlin in der Bibliothek saß und beim Lesen von Barsilays Lichtenhagen-Artikel überrascht merkte, dass Papa bei seiner Zusammenfassung die Hälfte weggelassen hatte. Denn natürlich beleidigte der ewige Krawallmacher und spätere Börnepreisträger darin – nach seiner grellen und ziemlich sadistischen Ossi-Attacke – auch die Westdeutschen. Er behauptete, dass sie mit uns »bolschewisierten Menschenaffen« ähnlich rücksichtslos umgegangen seien wie die Truppen des Leutnants von Trotha mit den hilflosen, mutigen Hereros. Er verglich Deutsch-Südwest mit der Ex-DDR, die Massaker in der Omaheke-Wüste mit den Treuhand-Pogromen, und er dachte laut darüber nach, ob er in einem solchen »Bürgerkriegsland« noch weiter zu Hause sein könne. »Ich werde« – diesen Satz hatte ich mir unterstrichen und für immer gemerkt, weil er so wehleidig und unhistorisch zugleich war – »ich werde trotzdem hier bleiben, denn würde ich gehen, würden alle meine Feinde zu mir sagen, ich hätte mich doch nur selbst vertrieben.«

17

Ja, da war er also, der typische Barsilay-Dreh, dieses nur scheinbar vertrackte Sowohl-als-auch eines Menschen, der sich nicht festlegen wollte, intellektuell, menschlich, geografisch. Das dachte ich schon damals als kleiner, machtloser Student in der Staatsbibliothek Unter den Linden, und ich dachte es jedes Mal wieder, wenn ich später etwas von Barsilay las oder hörte und mich zitternd fragte, warum ausgerechnet er mich unter den Älteren so aufregte – nicht Goetz, Eylschmidt oder Grünbein. Und darum denke und schreibe ich es auch jetzt, im viel zu warmen Winter 2012, in meiner großen, modernen Eigentumswohnung in der Bernauer Straße, in einem der neuen Genossenschaftshäuser, die seit Jahren entlang der ehemaligen Mauer wie Pilze aus dem Boden schießen. Meine Nachbarn hier sind übrigens fast nur Architekten, junge Bundestagsreferenten und Journalisten, und die meisten von ihnen grüßen mich immer sehr höflich. Ich bin also offenbar nicht mehr der unsichtbare Nobody von früher, nein, wirklich nicht, und vielleicht empfinde ich genau deshalb inzwischen so etwas wie Mitleid mit meinem lange übermächtigen Gegner, der sich einmal zu oft seinen sprichwörtlichen Barsilay-Dreh erlaubt hatte und hinterher, als das mit meiner freundlichen Unterstützung rauskam, ganz schnell untertauchte – so ähnlich wie ein Berufsrevolutionär im Reich von Zar Nikolaus II. oder auch ein gewöhnlicher, kleiner Trickbetrüger.

3

Warum hat der vorlaute Barsilay – auf die Geschichte seines so unpassenden Vornamens Hans Ulrich komme ich noch – eigentlich nichts gesagt, als ich ihm im Trois Minutes den verbotenen deutschen Gruß zeigte? Das habe ich mich später, sehr viel später, als ich keine Angst vor den tausendfachen Konsequenzen meiner idiotischen Armschwenkerei mehr hatte, öfters gefragt, und dabei verspürte ich jedes Mal wieder kurz dieselbe Übelkeit wie in den schlimmen Wochen und Monaten nach dem Vorfall. War er genauso erschrocken wie ich über das, was passiert war, und schwieg deshalb – oder war das nur Taktik? Hat er stumm darauf gewartet, dass Meinl, Zanussi und Zanussis Exfrau sich auf seine Seite schlagen, dass sie mich schimpfend und schreiend aus dem Restaurant jagen und der Anwalt mir dann auch noch droht, mein ganzes Leben mit einer kleinen, feinen Strafanzeige wegen Volksverhetzung zu vernichten? Oder verschlug es ihm darum die Sprache, weil sie im Gegenteil alle drei so taten, als hätten sie nichts gesehen und gehört? Möglich war natürlich auch, dass er an diesem Abend ganz andere Probleme hatte, aber haben wir die nicht irgendwie alle?

Ich hatte im Trois Minutes vorher schon ziemlich lange allein an der etwas zu hohen, mit Flaschen und alten französischen Bistro-Aschenbechern vollgestellten Bar gesessen und mit mir selbst meinen ersten großen Vertrag gefeiert – guter Vorschuss, angesehener Verlag, aber leider auch Barsilays literarisches Zuhause seit über zwanzig Jahren –, und dabei beobachtete ich, zunächst nur in einer Mischung aus Langeweile und amüsierter Voreingenommenheit, den meist schweigenden, seltsam ernsten Barsilay inmitten seiner kleinen, aufgedrehten Runde.

Er sah natürlich überhaupt nicht aus wie Trotzki, das habe ich vorhin nur so hingeschrieben. Dafür war er viel zu groß und viel zu schlank – fast so, als hungere er sich seit Jahren die Kilos, die man in seinem Alter automatisch bekommt, mit Gewalt herunter –, und er trug auch nicht diesen lächerlichen, altmodischen Spitzbart wie Stalins ewiger Rivale. Er hatte eher etwas von einem englischen Adligen, und er hätte – mit ein wenig Fantasie – genauso ein gut gealterter Serienschauspieler sein können. Seine Wangen glänzten, obwohl es bereits Abend war, so als habe er sich eben erst rasiert. Er hatte halblange, dunkle Haare, die er immer wieder mit der Hand zurückstrich, und wenn sie nicht über seiner hohen, hellen Stirn hielten, warf er kurz den ganzen Kopf zurück, und der Flug seines dichten, schwarzen Schopfs erinnerte mich unangenehm an Shampoo-Werbung aus den neunziger Jahren. In seinen kleinen blauen Spinoza-Augen – Vorsicht, der Name Spinoza ist hier natürlich nur eine Metapher! – brannte das Licht eines Besserwissers, der tatsächlich klüger ist als die meisten anderen Menschen und sich dessen auch noch bewusst ist. Und natürlich schien er gleichzeitig ein sehr trauriger und ein sehr fröhlicher Mann zu sein, was die Frauen – die interessanten Frauen – ja besonders gern mögen.

Barsilay hat mich an diesem Abend auch immer wieder versteckt angeschaut, das habe ich genau gesehen. Es waren aber keine freundlichen Blicke, die er für mich übrig hatte. Was wollte er von mir, warum ließ er mich nicht einfach in Ruhe? Er sah mich an – und sah gleichzeitig durch mich hindurch, und dabei presste er die erstaunlich dünnen Lippen wütend und grübelnd zusammen. Einmal beugte er sich, während er mich so distanzlos und selbstvergessen anstarrte, zu Zanussi herüber und flüsterte ihm etwas zu. Worauf Zanussi seine riesige, goldene DJ-Brille hochschob, sie abnahm, wieder aufsetzte und dabei ernst und lange den Kopf schüttelte.

Was dachte Barsilay, wenn er mich ansah? Was ärgerte ihn so? Und warum konnte er sich nicht kontrollieren? War er vielleicht wegen des *Lustlos*-Prozesses so schlecht gelaunt, der sich seit Jahren hinzog? Das bestimmt auch, natürlich. Vermutlich wusste er aber als stadtbekanntes Klatschmaul längst, dass ich drei Tage vorher in Sacrow, in der Villa seiner und jetzt auch meiner Verlegerin, den Vertrag für die erste große Naftali-Frenkel-Biografie weltweit unterschrieben hatte, und nun dachte er, dass ich mich dem Großmeister der stalinistischen Inquisitionen auf eine Art nähern würde, wie sie nicht einmal einem Wahrheitsfanatiker wie ihm passen würde. Und vielleicht wollte er selbst schon lange über Frenkel – den er in seiner missratenen Stalin-goes-West-Novelle kurz als so eine Art sowjetischen Zuckerberg auftreten ließ – etwas Großes, Böses à la Barsilay schreiben und fürchtete, von mir überholt und bestohlen zu werden.

Richtig geraten, dachte ich, als Barsilay mich jetzt

schon zum dritten oder vierten Mal mit seinem abwesen-
den Flammenwerferblick traf, genauso war es, Towarisch
B.! Natürlich hatte ich die Idee von ihm. Natürlich würde
ich alles dafür tun, um ihm zuvorzukommen. Und natürlich würde ich über den gerissenen Naftali Aronowitsch
Frenkel die Wahrheit schreiben und nichts als die Wahrheit, und dabei wäre es mir völlig egal, wer mich nach der
Lektüre meines tabulosen Dokuromans zu seinem freiwilligen oder unfreiwilligen Verbündeten machen würde.
Hatte nicht Barsilay selbst in *Meine Leute* – sein bekann-
testes Buch und einziger Bestseller, ich habe es zweimal
gelesen – fast wörtlich erklärt, dass es falsche Freunde
nicht gäbe, sondern immer nur literarische, slash, wis-
senschaftliche Wahrhaftigkeit und Chuzpe? Und jetzt
wollte er mich also, aus Eitelkeit und in einem plötzli-
chen Anfall von politischer Korrektheit, tatsächlich daran
hindern, zu schreiben, wie einer der brutalsten Paten von
Odessa, gegen den Babels Benja Krik nur ein schrulliger
Waisenknabe war, zum König der Solowezki-Inseln und
Kaiser der sibirischen Eisenbahnlager wurde? Im Ernst?
War es schon wieder so weit in Deutschland?

Während ich immer öfter und aggressiver Barsilays
Blicke auffing und wieder zurückgab, lief in meinem
Kopf ein kurzer und ziemlich deprimierender Film mit
dem Titel *Die große Intrige von Sacrow*. Der eifersüchtige
Großschriftsteller würde natürlich keine Sekunde warten, um mich auszuschalten! Er würde sich gleich morgen oder übermorgen von der Verlegerin in ihre riesige,
eindrucksvolle Ex-Martin-Bormann-Villa zum Tee ein-
laden lassen, eingerichtet in diesem morbiden italieni-

schen Kriegsverlierer-Stil der späten vierziger Jahre. Er würde ihr einen XXL-Blumenstrauß mitbringen und bestimmt auch etwas sehr Teures und wahnsinnig Französisches zum Trinken, obwohl er, wie jeder wusste, selbst keinen Alkohol trank, so wie viele von *ihnen*. Und dann würde er einsilbig, scheu und mit mädchenhaft angezogenen Knien auf demselben rostbraunen Mammutsofa von Ponti sitzen wie ich neulich, scheinbar eingeschüchtert von so viel herrschaftlicher Pracht und Tristesse, für die die meist schwarz und luftig wie eine antike Priesterin gekleidete Verlegerin bekannt war. Er würde erstaunt und halb abwesend durch die fünf Meter hohen Fenster des turnhallengroßen Wohnzimmers der Bormann-Villa auf den winterlich grauen See schauen und immer dann, wenn ihn die Verlegerin fragen würde, warum er heute so unglücklich und schamhaft auf sie wirke, mit der Hand durch die Luft wischen und sagen: »Ach, es ist nichts.« Irgendwann würde sich die Verlegerin – so wurde sie übrigens von allen genannt, im Verlag, in den Zeitungen, als hätte sie keinen richtigen Namen – zu Barsilay aufs Sofa setzen. Sie würde ihm seine Teetasse wegnehmen und ihm stattdessen ein Glas Dom Perignon oder was auch immer in die Hand drücken und sagen: »So, jetzt erzählen Sie mal, Hans Ulrich.«

Und dann würde er anfangen. Er würde mit diesem theatralischen Ernst, den er immer hervorholte, wenn es um *sie* ging, der Verlegerin erzählen, er habe von meinem Frenkel-Projekt gehört, und das mache ihn so wahnsinnig traurig, weil er ihr doch schon vor langer Zeit erzählt habe, dass er selbst über Frenkel schreiben wolle, aber

23

eher etwas Literarisches natürlich. Und obwohl sie sich daran nicht erinnern würde, würde sie nicken, und als er auch noch sagen würde, dass er große Angst davor habe, wie ausgerechnet einer von *uns* mit diesem hochsensiblen Falltür-Thema umgehen werde, würde sie jäh aufstehen, sie würde sich – eine kleine, schwarze Silhouette vor den riesigen Wohnzimmerfenstern – mit dem Rücken zu ihm hinstellen und leise sagen: »Lassen Sie mich mal nachdenken, mein Lieber …«

Nein, nein, nein, dachte ich, bitte nicht!, während ich jetzt schon zum zweiten oder dritten Mal in meinem Kopf diese Szene durchspielte, zu der es in den nächsten Tagen in Sacrow kommen würde, da war ich absolut sicher, und ich wusste nur nicht genau, was sie am Ende gegen mich vorbringen würden, um mich wieder loszuwerden. Möglich war alles, eine kleine, überraschend aufgetauchte Belästigungsgeschichte in meiner sonst eher unspektakulären Biografie als Mann und selbstgenügsamer Dauersingle, angeblich übersehene Erstansprüche Barsilays auf die Frenkel-Story oder meine nie verheimlichte und plötzlich von meinen Gegnern skandalisierte Mitgliedschaft in der Jungen Bibliothek von Gohlis, damals, als es auf einmal so aufregend war, gleichzeitig Johnny Rottens Memoiren, Pynchon und Rosenbergs Horst-Wessel-Biografie zu lesen. Ja, genau, irgendetwas in dieser Art würde es sein – und schon wäre ich wieder draußen und mein Vertrag gut genug, um ihn zuerst anzuzünden und dann damit mich selbst, in Benzin getränkt, zitternd, heulend und weinend vor dem Gebäude meines ehemaligen zukünftigen Verlags in der Großen Hamburger Straße.

Wirklich, würde es so schlimm kommen? Und durfte ich, der Sohn eines hochintelligenten, aber übervorsichtigen Vaters, es im Ernst so weit kommen lassen?

Ich schlug wütend auf den Tresen und warf dabei mein Weinglas um und die zum Glück nur noch halb volle Karaffe. Ich sah erstaunt dem kleinen, roten Rinnsal hinterher, das sich über das mit der Trois-Minutes-Speisekarte bedruckte Papierdeckchen ergoss und schnell zum Rand des Tresens floss, von wo es auf meine neue, viel zu teure Acne-Jeans tropfte, die ich mir am Tag vorher von meinem Vorschuss bei der Galeries Lafayette gekauft hatte. Dann schlug ich wieder gegen den Tresen, diesmal noch wütender und unvorsichtiger, ich sprang so ungeschickt von meinem schweren Barhocker auf, dass er ein paar Mal hin und her schwankte, aber nicht umfiel, und nun ging ich langsam, böse, bedrohlich durch das an diesem Abend überraschend leere und völlig unglamouröse Trois Minutes direkt auf den Tisch zu, an dem Barsilay, Meinl, Zanussi und dessen übertrieben geschminkte, immer lauter kichernde und zwanghaft augenrollende französische Exfrau saßen – gleich neben der Tür übrigens, wo es im Winter wie in einer Berliner Straßenbahn zog, keine Ahnung, was ein wehleidiger Hypochonder wie Barsilay ausgerechnet dort wollte. Aber dann drehte ich mich im letzten Moment wieder um und ging schnell auf die Toilette.

4

Der ungewöhnlich kurze, schweflige Wintertag im Dezember des Umbruchsjahrs 2000, an dem sich die Sache mit meiner Magisterarbeit innerhalb von ungefähr neunzig Sekunden für immer erledigte, hatte mit einem großen englischen Frühstück im Café Einstein begonnen, natürlich Unter den Linden. Ich war noch nie vorher dort gewesen – zu teuer, zu laut, zu viele berühmte Leute, sagten meine braven Kommilitonen –, aber weil ich vor meinem Termin bei Professor Sartorius so aufgeregt war, dachte ich, ich bräuchte irgendwelche Superkräfte, um ihn von meinem Thema zu überzeugen, und die, beschloss ich, würde ich mir genau hier holen. Bacon, Rührei, Toast mit Butter, dazu Earl-Grey-Tee mit warmer Milch – das alles war schon mal sehr gut für den Anfang, obwohl mir die sechzehn Euro, die ich dafür ohne Trinkgeld bezahlen würde, so ähnlich verrückt und verboten vorkamen wie früher meine heimliche Nazigymnastik oder mein regelmäßiges lustloses Onanieren, wenn endlich alle in der Gustav-Adolf-Straße schlafen gegangen waren und ich versuchte, mich wie ein richtiger Teenager zu verhalten. Eine ziemlich drastische Art, die Dinge miteinander zu vergleichen, ich weiß, aber ich habe es an diesem aufregenden Morgen genauso empfunden.

Während ich frühstückte – so langsam und ehrfürchtig, als wäre es das erste Frühstück meines Lebens –, bemerkte ich in der hintersten Ecke des hell erleuchteten Cafés mit all seinen mich wild umkreisenden Spiegeln, blitzenden Kaffeetassen und weißen, oft fleckigen Kellnerschürzen jemanden, der genauso aussah wie der frühere Außenminister. Er saß, halb verdeckt von einem vollgehängten Kleiderständer, neben einer kleinen schwarzhaarigen Frau, die mich an eine alte DDR-Sportmoderatorin erinnerte, in die früher bei uns in der Schule alle verliebt waren, auch die Mädchen. An einem anderen Tisch entdeckte ich gleich drei Männer in sehr weiten Anzügen – rote Gesichter, tote Augen, schnelle Bewegungen –, aus deren leisem Gespräch ich immer wieder die Worte »Kommission« und »durchpeitschen« heraushörte. Offensichtlich waren sie echte Abgeordnete aus dem echten, nahegelegenen Reichstag, was ich mir aber zugleich absolut nicht vorstellen konnte. Und dann gab es noch einen Tisch mit einem kleinen, einsamen Mann mit einem schneeweißen Sieben-Tage-Bart und permanent umherschweifendem, geilem Blick, kurzum, eine ziemlich gute Kopie des berüchtigten israelischen Botschafters, der in seinen vielen TV-Interviews die Sache seiner Regierung immer ein bisschen zu selbstbewusst und überzeugt vertrat. Natürlich saßen hier noch ein paar andere Leute, die mich zwar an niemanden erinnerten, aber sie alle strahlten so viel unneurotisches Selbstbewusstsein und professionelle Ellbogenhaftigkeit aus, dass ich mit jeder Minute, die ich mit ihnen in einem Raum sein durfte, bemerkte, wie ich von ihrer Energie angesteckt wurde. Sartorius, ich komme!, dachte ich. Und: Er wird mich am Ende noch anflehen, dass ich die Arbeit bei ihm schreibe und nicht bei Münkler oder Van Heyde!

»Kann ich Ihre Zeitung haben?«, hörte ich plötzlich die junge – vielleicht aber auch nicht mehr ganz so junge – knallblonde Frau am Tisch neben mir sagen. Noch bevor ich antworten konnte, nahm sie sich die Welt am Sonntag, die zufällig zwischen uns auf der schönen, braunen Einstein-Lederbank lag, gleichzeitig roch ich ihr schimmelig-süßes Parfum und etwas, das ziemlich sicher mit den verdeckten Partien ihres rundlichen, aber festen Körpers zu tun hatte. Ich war zu meiner eigenen Überraschung sofort verwirrt, obwohl mich Frauen, wie gesagt, nur auf eine sehr zivilisatorisch gezähmte Art interessieren. Wahrscheinlich verwirrte sie mich aber auch deshalb, weil sie so aussah wie die russischen Frauen, die ich aus den alten sowjetischen Filmen kannte, die früher bei uns immer im Fernsehen liefen, und dadurch etwas von einer wahren Geistererscheinung hatte: sehr viel Haarspray in den fast schon verrückt blonden Haaren und noch mehr Make-up, trotzdem ein klares, offenes Gesicht, große, slawisch-runde Augen mit diesem leichten Zug ins Asiatische, herrliche Zähne, sexuell aufgeladenes Hysteriepotenzial. »Sie zittern«, sagte die Besucherin aus der Vergangenheit kühl, dann drehte sie sich wieder von mir weg und fing an, in der Welt am Sonntag zu blättern, und zwar von hinten nach vorne.

Sie hatte völlig recht. Ich zitterte, innerlich und äußerlich oder was auch immer, und meine neuen Superkräfte verließen mich in ihrer Gegenwart so schnell wie ich sie kurz vorher verspürt hatte. Aber das war noch gar nichts

gegen den einen einzigen großen, vernichtenden, depri-
mierenden Schauer, der mich von den Unterschenkeln
bis zum Nacken durchfuhr, als plötzlich in dem schmalen
Gang neben dem Tresen ein großer, übertrieben schlanker
Schönling in einer engen Jeans und einem extrem kurzen, dunkelblauen Jackett über einem strahlend weißen
Hemd auftauchte, der genauso wie der Mann aussah, der
an einem gewissen heißen, drückenden Augustnachmittag kurz nach der Wende meinen Vater mit seinem FAZ-
Essay an den Rand von etwas gebracht hatte, wovon ich
damals noch nicht wusste, dass es das gab und wie man
es nannte. Ja, Papa hatte, als er aus dem Institut geflohen
war, am Fenster Kette rauchte, mich das erste und letzte
Mal im Leben umarmte und sich nach unserem Spazier-
gang und seinem seltsamen Kamel-Monolog weinend ins
Bett legte, einen echten Nervenzusammenbruch gehabt,
das habe ich erst Jahre später begriffen. Aber das änderte
leider auch nichts mehr daran, dass ich seitdem in ihm
nur noch einen Wiedergänger des ewig verheulten Großvaters Julius sah, etwas gebildeter vielleicht, aber auch
kein richtiges Vorbild.

War das wirklich der echte Hans Ulrich Barsilay?,
dachte ich erschrocken, während der Typ in dem lächerlich engen Jackett langsam und schnell zugleich genau
auf meinen Tisch zuging. Oder war das nur jemand, der
ihn nachmachte, weil er ihn gut fand, dem gefiel, wie der
große Barsilay sich anzog, so arrogant und hühnchenhaft
wie ein schwuler französischer Modedesigner, ein durchge-
drehter Barsilay-Fan, der seine Artikel, Bücher und Fern-
sehauftritte bewunderte, der es witzig fand, dass Barsi-

lay sich mal »postmoderner Antichrist«, mal »zweibeinige Kavallerie der Aufklärung« nannte? Und warum sollte es überhaupt einen Barsilay-Fan bei uns geben, dachte ich weiter, außer er war auch einer von *ihnen?* Der Doppelgänger, der vielleicht gar keiner war – so wie möglicherweise alle anderen VIPs im Café Einstein echt waren –, machte noch zwei, drei Schritte in meine Richtung, ich presste panisch meinen Oberkörper gegen die Rückenlehne und wischte mir mit der großen Stoffserviette den Mund ab, aber dann drehte er sich plötzlich zu der aus der Zeit gefallenen schönen Russin. Er beugte sich, süß und kannibalenhaft lächelnd, zu ihr herunter, küsste sie, streichelte ihre Wange, ihren Nacken, setzte sich auf die Bank zwischen sie und mich – und zehn Minuten später redete ich mit ihm, über den Termin, den ich gleich bei meinem Professor hatte, über meine Sorgen, über mich, über *meine Leute,* keine Ahnung, wie dieser rhetorische Falschmünzer und Amateur-Freud das geschafft hatte.

Ja, es war wirklich Barsilay himself! Zuerst habe ich ihm alles über die Magisterarbeit erzählt – wir waren darauf gekommen, weil er sein überschwappendes Teeglas auf meinen Notizen abgestellt und dort wie ein kleines Kind Flecken gemacht hatte –, über meine Idee, gleich in der Einleitung, gestützt auf Jauß, Tröbst und die französischen Prinzipialisten, grundsätzlich festzustellen, dass es keine besseren oder schlechteren gesellschaftlichen Systeme gebe, sondern nur Sieger oder Verlierer. Dann machte ich, um nicht allzu trocken zu klingen, Andeutungen über den Selbstmord meines Vaters, ich erklärte, auch weil Barsilay sich so drängend und freundlich nach dem

Rest meiner Familie erkundigte, wie *wir* es nicht einmal bei unseren engsten Freunden und Verwandten machen, dass ich über meine treulose Mutter seit Juli 1996 nicht mehr gesprochen und nachgedacht hätte. Und schließlich gab ich wie hypnotisiert zu, dass ich etwas vermisste, wovon ich nicht wusste, dass es mir jemals wichtig gewesen wäre – die aufregenden »Tage der Wehrbereitschaft«, den bitteren Geschmack von Sanddornmarmelade –, ich wünschte mir lachend eine umgekehrte Zeitmaschine, die das vereinte Deutschland in ein sozialistisches Land verwandeln würde, ich hasste mich dafür, dass ich zu ihm so ehrlich war, und dafür hasste ich ihn dann noch mehr, das plötzlich reale Phantom meiner verunglückten Halbwaisenjugend.

»Was können Sie schreiben, was nicht schon gedacht und geschrieben wurde?«, sagte Barsilay streng, als ich fertig war, und starrte ein paar Sekunden zu lang auf meinen blutverkrusteten Zeigefinger, den ich mir in der Nacht davor im Schlaf wundgebissen hatte. »Und sind Sie sicher, dass Sie das wollen?«

Ich zuckte mit den Schultern und dachte zum tausendsten Mal an den Titel meiner Arbeit, auf den ich so stolz war: *Spätbolschewismus als Identität und Nachteil.* Nein, das war wirklich nichts Neues, das wusste ich selber.

»Als Erstes müssen Sie aufhören zu zittern, Erck. Ich könnte mir denken, dass Valeria das auch schon zu Ihnen gesagt hat. Nein, ich bin sicher! Sie ist ja immer sehr mitfühlend und empathisch.«

Er legte seine linke Hand auf meine Hand und seine rechte Hand auf die Hand der sowjetischen Eisprinzessin, und das fühlte sich so an, als hätte ich sie direkt berührt, als würden sie und ich voneinander schon sehr viel wissen.

»Manchmal ist es besonders mutig, wenn man aufgibt, verstehen Sie?«, sagte er.

»Und dann?«, sagte ich.

»Dann«, sagte die Russin, die Valeria hieß, mit ihrer tiefen, aber sehr weichen Miss-Wolgograd-Stimme völlig akzentfrei, »verwandelt sich Schatten in Licht. Ein weißes Blatt in einen Romananfang. Ein Gestapo-Hauptquartier in eine Behindertenschule.« Ich sah, wie sie dabei seine Hand drückte, gleichzeitig machte er seine Hand auf meiner ganz schwer, und plötzlich wusste ich genau, was er mir sagen wollte.

Als ich zwei Stunden später Sartorius' kahles, verrauchtes Büro in der Reinhardtstraße verließ, war meine akademische Karriere zu Ende, noch bevor sie überhaupt angefangen hatte. Ich hatte nämlich gerade einem der größten Spezialisten für bolschewistischen Terror und die komplexe Geschichte der Gulags erklärt, dass ich keine Lust hätte, mich weiter gegen die große Schwarz-Weiß-Erzählung von Leuten wie ihm aufzulehnen, und dass ich darum beschlossen hätte, die Magisterarbeit auf unbestimmte Zeit zu verschieben, und sollte es übrigens bald eine Gegenwende geben, sagte ich bitter, hätte ich nichts dagegen. Er hatte mich – an diesem Nachmittag noch blasser, schmaler und gleichgültiger als sonst – dabei kaum angesehen, weil er gleichzeitig auf seinem Computer Solitaire spielte, und als ich fertig war, sagte er: »Wie Sie wollen, Sie kleiner roter Nazi.« Darauf hatte ich ihm nichts geantwortet, ich dachte nur kurz darüber nach, ob ich vor ihm ausspucken sollte, ließ es aber sein, weil man wegen so etwas bestimmt angezeigt werden konnte. Stattdessen sprang ich auf, ich zog drei-, viermal an meiner alten, speckigen M 65, die sich an der Garderobe verhakt hatte, und als ich sie endlich zu fassen bekommen hatte, stürzte ich wie ein Dieb aus seinem Büro. Ich rannte die Treppen hinunter, und erst als ich draußen stand, eingehüllt in einen Nebel aus Stolz, Selbstzweifeln und tief liegendem Wintersmog, nach Luft schnappend wie ein hilfloser Asthma-Kranker, begriff ich, was ich getan hatte.

Das Nächste, woran ich mich dann erinnern konnte, war, dass ich durch die Friedrichstraße, das Universitätsviertel und über die damals noch spärlich beleuchtete Museumsinsel irrte. Ich saß unten an der Spree auf der anderen Seite des großen, grauen, erst halb renovierten Bodemuseums. Ich guckte den Möwen und Raben zu, die stumm die vorbeifahrenden Fähren umkreisten, ich träumte davon, einer dieser großen, schmutzigen Großstadtvögel zu sein – zwei Flügel, kaum Gehirn und bald wieder tot –, und als es endlich dunkel wurde und dieser leichte, viel zu warme, schweflige Berliner Dezemberregen einsetzte, machte ich mich auf den Weg nach Hause, zu Fuß, über den Hackeschen Markt und die Gormannstraße hinauf zum Teutoburger Platz, wo ich seit meinem Umzug aus Leipzig in einer viel zu großen Zweizimmerwohnung mit Dusche in der Küche und Kohleofen wohnte. Hatte ich an diesem Morgen wirklich auf Rasputin persönlich und seine platinblonde Sirene gehört?, fragte ich mich, während ich die Tür aufschloss und mir aus meiner Wohnung eine noch feuchtere, klebrigere Kälte entgegenschlug als die, die auf der Straße herrschte. Und wann würde ich aus diesem Alptraum wieder aufwachen?

Vor dem Einschlafen stellte ich mir – um mich wenigstens ein bisschen aufzuwärmen – immer wieder Valerias runden, aber festen Körper nackt vor, und ich fragte mich, ob ich sie irgendwann einmal zufällig wiedertreffen würde. Dann fragte ich mich, ob ich jemals wieder eine Universität von innen sehen würde, dann machte ich es mir so pflichtbewusst wie früher in der Gustav-Adolf-Straße, den inneren Blick fest auf Valerias wasserstoffblondes Allerheiligstes gerichtet. Und dann dachte ich, während ich stumpf und aggressiv an meinem blutigen Zeigefinger kaute, wer sich rächen will, Barsilay, muss manchmal sehr, sehr viele Jahre auf den richtigen Augenblick warten, noch viel länger als ein Jäger auf dem Hochstand auf einen weißen Hirsch.

5

Ich stand jetzt schon seit ein paar Minuten in der schwach beleuchteten Toilette des Trois Minutes und betrachtete mich selbst ziemlich feindselig im Spiegel. Ich hatte mein Gesicht noch nie besonders gemocht, aber in diesem Augenblick hasste ich es – die viel zu großen, immer wie erstaunt aufgerissenen Augen, die übertrieben hohe Philosophen-Stirn, das kleine, gespaltene Dessauer-Kinn –, und ich fragte mich, wie es sein konnte, dass aus einem hübschen, kecken, auf eine gewinnende Art frühreifen Jungen, der ich früher war, so ein verträumter, steifer Kopfmensch wie ich werden konnte.

Wenigstens meine Frisur war noch immer okay. Hinten und an den Seiten »so kurz wie bei einem echten Mann«, wie Großvater Julius zu mir gesagt hatte, als er mich das erste Mal damit sah, im Sommer 1989, und dass ich damals eher so aussehen wollte wie einer von Depeche Mode und nicht von der Hitlerjugend, hätte ihn bestimmt überrascht. Ja, genau, ihn – den »armen, armen Julius« und ewig leidenden, halben Volksgenossen, der mir früher ab und zu heimlich eine westdeutsche Zeitschrift mitbrachte, die das III. Reich hieß und voll war mit Geschichten über Hitler, Göring und alle Wehrmachtsschlachten. Er bekam sie von einem Kölner Buchhändler, mit dem er zusammen gedient hatte und der immer zur Buchmesse in Leipzig auftauchte, um dort Tier- und Pflanzenbücher zu verkaufen, aber vor allem schwedische Pornos und verbotene Kriegsliteratur dabei hatte. »Du darfst es aber niemandem sagen, Erck«, sagte Großvater Julius jedes Mal leise zu mir, wenn er mir das auf tollem, glänzendem Papier gedruckte Magazin zusteckte, und dann fing er auch schon an zu weinen, keine Ahnung, ob das irgendein Kriegstrauma von ihm war oder ob er die guten alten Tage so sehr vermisste.

Eigentlich kaum zu glauben bei einem wie ihm, dass ihn die Erinnerung an die untergegangene Welt von vorgestern sentimental machte, dachte ich jetzt, fast zwei Jahrzehnte später, auf der dunklen, stinkenden Toilette des Trois Minutes – und plötzlich erinnerte ich mich daran, wie ich selbst oft als kleiner Junge vor dem Spiegelschrank meiner Eltern in ihrem Schlafzimmer gestanden und mit Hilfe von Opa Julius Nazi-Zeitschrift den deutschen Gruß geübt hatte. Wie konnte ich das vergessen haben? Sie lag direkt vor mir auf dem Boden, immer genau dort aufgeschlagen, wo auf einem der vielen ganzseitigen Schwarz-Weiß-Fotos eine aufgeregte Menge einen kleinen schnurrbärtigen Mann in einem viel zu langen Militärmantel grüßte oder ein junger Athlet mit kantigem Superhelden-Kinn, glühendem Blick und einer engen schwarzen Totenkopf-Uniform den durchgestreckten rechten Arm reckte. Jedes Mal, wenn mein eigener kleiner Kinderarm in die Luft schnellte, merkte ich, dass ich plötzlich wie die Leute in der grüßenden, feiernden Menge auch nicht mehr allein war, und gleichzeitig fühlte ich mich so stark und schön wie der junge Recke in Schwarz.

Und genau das machte ich jetzt auch, hier, vor dem Trois-Minutes-Spiegel. Ich dachte, dir werde ich es zeigen, Barsilay, mich wirst du nicht aus dem Verlag jagen! Wer, wenn nicht ich, soll ein Buch über den Herrn der Solowezki-Inseln und Erbauer der Baikal-Amur-Magistrale schreiben, über den genialen Erfinder der Gulag-Sklavenwirtschaft und deinen leider vergessenen Glaubensbruder Naftali Aronowitsch Frenkel? Und noch während ich so da stand – stramm, kampflustig, deprimiert, den rechten Arm abgewinkelt wie eine willenlose Marionette –, ging plötzlich die Toilettentür auf und Zanussi kam rein, noch ein bisschen größer und dünner als sonst, mit einem Gesicht, das so schmal aussah, als hätte er in einer Buchpresse übernachtet.

»Dessauer«, sagte er mit einem dröhnenden Lachen, »was ist los? Stehen Sie bequem! Rühren!«

Ich hörte für ein paar Sekunden ganz laut *La Mer* von Charles Trenet, die alte Aufnahme, die ich so liebte und die sie gerade drinnen im Lokal spielten. Ich hörte auch das wimmernde, betrunkene Lachen von Zanussis französischer Exfrau – und dann fiel die Toilettentür zu, es wurde wieder vollkommen still in dem kleinen, dunklen Raum, und ich senkte den Arm so langsam und mechanisch, als wäre er gar nicht meiner.

Zanussi und ich kannten uns noch aus der alten Pinguin-Milchbar am Markt, wo sich früher alle Leipziger trafen, die ein bisschen anders sein wollten – und die normalen Leute auch. Er war einer von denen gewesen, die sich damals literweise Action-Spray in die viel zu langen Haare sprühten und lächerlich enge Leggins und minzgrüne Glitzer-T-Shirts trugen, während ich, als einer der Jüngsten, eher zu denen gehörte, die alte NVA-Unterhemden und -Pullover und noch ältere Arbeiterlederjacken à la Brecht vom Polenmarkt gut fanden. Trotzdem redeten wir manchmal miteinander, weil wir beide zur selben Zeit die alten Anarchisten entdeckt hatten. Obwohl keiner von uns beim Lesen von Bakunin und Proudhon wirklich etwas verstand, konnten wir ewig über unserer Nougat-Sahne-Torte sitzen, auf den stumpfen Turm des Neuen Rathauses und das Reklameschild mit der glücklichen Pinguinfamilie über uns gucken und gelehrte Gespräche führen.

Später, nach der Wende, traf ich Zanussi oft bei den langweiligen HGB-Partys in irgendwelchen leerstehenden, vermutlich besetzten Gründerzeitruinen in Connewitz wieder, aber wir grüßten uns meistens nur. Ich wohnte immer noch in der Gustav-Adolf-Straße, ich las als der Gründer und Leiter der Jungen Bibliothek von morgens bis spät in der Nacht dunkle und nicht ganz so dunkle Bücher und drückte mich eine Weile erfolgreich vor dem Zivildienst, und er studierte inzwischen bei Heisig und Rink und hatte meistens eine Levi's an, ein weißes T-Shirt und eine Bomberjacke. Als bei einer der trostlosen HGB-Partys eines Morgens um vier plötzlich zwei Dutzend Nazis aus dem Café Dresden unten auf der Straße standen, SA-Lieder sangen und »Kommt raus, ihr schwulen Schweine!« brüllten, war Zanussi der einzige unter den eingebildeten, schüchternen Kunststudenten gewesen, der nicht weiß vor Angst wurde. Er rief von seinem riesigen, schwarzen Motorola-Handy eine geheimnisvolle Nummer an, die in dem besetzten Haus sonst keiner kannte, und nachdem er aufgelegt hatte, sagte er: »Jetzt kommt der gute Teil des Abends.« Eine Viertelstunde später tauchte aus dem grünlich-grauen Zwielicht der Nacht eine ganze Antifa-Armee auf, vierzig, fünfzig Typen, die Baseballschläger und Fahrradketten dabei hatten, und während sie sich unten um die moderne Röhmjugend kümmerten, standen wir oben am Fenster und klatschten Beifall. »Und jetzt trinken wir alle noch ein paar Shots Stolichnaya«, rief Zanussi, als es vorbei war, und danach tanzten wir zu Iggy Pop und den Ärzten Pogo bis zum Morgengrauen.

»Um Gottes willen, Erck«, sagte Zanussi jetzt im Trois Minutes zu mir und baute sich wie ein Straßenarbeiter vor einem der Urinierbecken auf, »machst du das öfter? Und kann ich dich einmal so malen?«

»Ich weiß auch nicht, was das gerade sollte.«

»Weißt du, was Hans Ulrich mir vorhin über dich erzählt hat? Passt genau zum Thema.«

»Sag's mir lieber nicht, bitte.«

»Du kannst es dir also denken?«

»Das«, sagte ich mit einem tiefen Seufzer, aber gleichzeitig versuchte ich, überlegen zu lächeln, »das erzählt er doch über jeden, der keiner von *ihnen* ist.«

»Von *ihnen?*«

»Vergiss es, Zanussi.«

Er drückte auf die Spülung, knöpfte lange und umständlich die Hose seines bestimmt wahnsinnig teuren Anzugs zu und stellte sich zu mir ans Waschbecken. Und während er sich die Hände wusch, viel zu kurz und ohne Seife, guckte er mich im Spiegel an und sagte: »Wie findest du meine neue Brille? Mykita! Und wenn das deine Frage war: Ja, der Anzug ist von Margiela. Ich weiß, er könnte vielleicht ein bisschen weniger glänzen.«

»Komisch«, sagte ich. »Ich dachte, es ist immer noch deine alte Brille. Hattest du die nicht schon vor ein paar Jahren auf dem Zeitmagazin-Cover?«

»Mach dir keine Sorgen, Erck«, sagte er, statt zu antworten. »Ich mach das manchmal auch, wenn ich allein bin. Und mein Freund Ramirez hat es einmal zwei Stunden lang in der Tate Modern gemacht und dafür später irgendeinen Nachwuchspreis bekommen. Das war jetzt natürlich ein Witz – aber vielleicht auch nicht.«

Als er draußen war, fiel mir ein, wie ich Zanussi, als seine Bilder noch nicht so teuer waren wie Luxusautos und er noch nicht im dänischen Louisiana Museum und im Belvedere in Wien ausstellte, das erste und einzige Mal in seinem Berliner Studio am Nollendorfplatz besucht habe, es muss im Frühling 2002 oder 2003 gewesen sein. Wir saßen – er, ich und seine Exfrau Lola, die damals noch nicht seine Exfrau war – auf alten, kaputten, fleckenübersäten Schaumstoffsesseln, wie sie offenbar in allen Maler-Ateliers herumstanden, tranken Nescafé und redeten über unsere Familien.

Zanussi hatte angefangen, weil er gerade aus Florenz zurückgekommen war und dort das Grab eines anderen Zanussi gesehen hatte, der dreihundert Jahre vorher für August III. in Dresden eine Kirche bauen sollte. Er wurde aber schnell wieder aus der Stadt gejagt, weil seine deutschen Konkurrenten überall herumerzählten, dass er mit Zehnjährigen schlafe, kaum Deutsch könne und für seine Kirche die alte Stadtmauer nur deshalb habe durchbrechen lassen, damit seine katholischen Brüder es später leichter hätten, in Dresden einzufallen. »Bevor Federico Luca Zanussi für immer nach Italien verschwand«, sagte Zanussi, »heiratete er die hässliche Tochter des kurfürstlichen Stallmeisters und machte mit ihr acht Kinder. So kamen die sächsischen Zanussis in die Welt, und einer von ihren dreitausend Nachkommen bin ich! Ich denke oft an den armen Federico, wenn ich arbeite und dabei italienische Opern höre. Dann ist die Toskana sofort überall, sogar hier in Schöneberg, in Scheiß-Preußen.«

Nach Zanussi war Lola dran, und während ich ihr aufmerksam zuhörte und sie so zurückhaltend wie möglich anschaute, zog sich oben mein Herz zusammen – und unten mein total zivilisierter Klein-Erck, denn ich hatte immer ein wenig Angst vor Lolas dunkelrot geschminkten Lippen, vor der Spalte zwischen ihren Brüsten, die man ständig sah, egal ob sie ein T-Shirt trug oder eine Bluse, also vor ihrer ganzen unmittelbaren, kannibalischen, romanischen Weiblichkeit. Lolas Großvater hatte als Polizeichef von Oran seine algerischen Gefangenen gefoltert wie andere Leute Gymnastik machten, und als Lolas sensible, immer leicht verwirrte Mutter davon erfuhr, hörte sie auf, mit ihm zu reden. Später ging sie nach Deutschland, weil sie einen hübschen linken Studenten aus Frankfurt kennengelernt hatte, der ihr versprach, ihr den Roten Dany vorzustellen, aber stattdessen machte der Student ihr ein Kind – Lola! – und verschwand hinterher mit einer RAF-Frau in der DDR.

»Trotzdem fing sie danach nicht wieder an, mit ihrem folternden Pieds-noirs-Vater zu reden«, sagte Lola mit einem falschen, aber auch stolzen Lächeln, in ihrem schönen, lispelnden, gespielt naiven Französinnen-Deutsch.

»Aah, jetzt verstehe ich, ma chérie! Darum bist du selbst auch so – wie soll ich sagen – verbohrt und fanatisch«, sagte Zanussi, der die Geschichte offenbar noch nicht kannte, als Lola fertig war. Dabei schaute er Lola durch die leicht zusammengekniffenen Augen an, als wollte er sie gleich malen – ja, genau die Lola, die gerade ein Wilhelm-Reich-Symposium an der FU vorbereitete und in ihrem und Zanussis Schlafzimmer einen Orgon-akkumulator aufgestellt hatte. Die Lola, die vorher fast ein Jahr in einer hessischen Sannyasin-Siedlung gelebt hatte und sich nach der Wilhelm-Reich-Episode dem Frauen-für-Carlos-Klub anschließen sollte, dessen einziger Zweck die Freilassung des weltberühmten Terroristen aus seinem Pariser Gefängnis war. »Sag mir nur eins, ma chérie«, sagte Zanussi dann noch, »sind das Mamans Gene? Oder ist es einfach nur Blödheit?«

Lola fing an zu kichern, weil sie immer kicherte, egal ob sie verlegen, lustig oder betrunken war, und dann guckten sie beide mich an – aber ich sagte nichts. Nein, dachte ich, ich würde nie jemandem etwas über den weinenden Großvater Julius erzählen, nichts über meinen lieben, klugen, weltfremden Vater, der ausgerechnet in dem Sommer in die SED eingetreten war, als viele andere junge Leute austraten, 1968, nach dem Ende des Prager Aufstands. Und schon gar nicht würde ich jemandem anvertrauen, dass mein anderer Großvater, der Vater meiner treulosen Mutter, so lange im Generalgouvernement Polen für die Auflösung der eben erst errichteten Gettos zuständig war, bis die Russen kamen und den Polen erlaubten, ihn zusammen mit Rudolf Höß aufzuhängen. Nein, dachte ich, während Zanussi und Lola mich in Zanussis eiskaltem, unaufgeräumtem 300-Quadratmeter-Atelier am Nollendorfplatz erwartungsvoll anschauten, wo damals bereits viele von den riesigen, komplizierten Bildern hingen, die ihn eines Tages berühmt machen sollten, nein, nein, nein, das alles ging keinen etwas an! Und dann – fast ein ganzes Jahrzehnt später, auf der schwach beleuchteten, genauso kalten, stinkenden Männertoilette des Trois Minutes – dachte ich: Nein, wirklich, es ging niemanden etwas an, wer ich bin, woher ich komme, was ich schreibe, schon gar nicht einen von *ihnen!* Es ist meine Sache, wo ich mein Frenkelbuch veröffentliche und was ich auch sonst über das Früher von Leuten wie Frenkel und Barsilay denke, ich entscheide, wo ich zuhause bin. Ich guckte noch einmal in den trüben, viel zu hoch hängenden Trois-Minutes-Spiegel und bemerkte, dass ich vor Wut rot geworden war, aber das, fand ich, stand mir ganz gut. Und dann, nachdem ich sicherheitshalber kurz zur Tür geschaut hatte, hob ich wieder langsam meinen rechten Arm.

Nein, das stimmt nicht, aber ich wollte es tun.

6

Als ich Barsilays einzigen Hit *Meine Leute* zum zweiten
Mal las – das war eine halbe Ewigkeit vor meinem großen Buchvertrag –, träumte ich nur noch selten von meinem Magisterdrama, ich schrieb schon die ersten kleinen
Buchkritiken fürs Klassikradio und verfasste ab und zu
Gutachten für einen inzwischen verschwundenen Leipziger Philosophie-Verlag. Und ich plante den Roman über
meine Mutter, von dem es bis heute nicht mehr gibt als
ein paar Anfänge, die ich irgendwo – in der Straßenbahn,
in einem Café, auf einer Parkbank – aufgeregt in mein
kleines, rotes, indisches Notizbuch vom Mauerparkflohmarkt reingeschrieben hatte, meistens nur zwei, drei
Absätze, mehr nicht.

Wenn ich sie später wiederlas, fragte ich mich jedes Mal
ratlos, was daran nicht stimmte. Sollte ich wirklich mit
Mamas Kindheit in Krakau anfangen und zuerst erzählen, wie sie als Achtjährige aus Wut eines der polnischen
Dienstmädchen die Treppe hinunterstieß, wofür aber
nicht sie, sondern die Polin von Opa Sieghart bestraft
wurde, und zwar mit ein paar Faustschlägen in das ohnehin schon blutende Gesicht? Oder sollte ich damit begin-
nen, wie sie ein paar Tage nach Papas Selbstmord – er
wurde von zwei vollgedröhnten Gothic-Typen in Elfen-
kostümen in einer eiskalten Juninacht als baumelnde
Vogelscheuche in der Krone unserer alten Lieblingskasta-

nie im Rosental entdeckt –, wie sie also im Sommer 1996 ohne Abschied in einem Trappistinnen-Kloster in Jerusalem verschwand und mir Jahre später von dort schrieb, erst jetzt, seit sie nicht mehr im Land von Breker und Becher lebe, schlafe sie gut? Oder sollte ich zur Einstimmung lieber von meiner eigenen Leipzig-Flucht nach Papas feigem Ende berichten, als ich eines Morgens um sechs ohne Mantel und Koffer am Autobahnkreuz Leipzig-West auftauchte und hoffte, jemand würde mich nach Berlin mitnehmen, weil auf dem Schild, das ich mir vor die Brust hielt, »Hilfe, ich kriege keine Luft hier!« stand? Ich könnte aber auch, dachte ich beim Durchblättern meines Notizbuchs, als eine Art Prolog die Geschichte des indischen Programmierers erzählen, der seine Eltern verklagt hatte, weil sie ihn vor seiner Zeugung nicht gefragt hatten, ob er damit überhaupt einverstanden sei, die Welt zu betreten, if you know what I mean.

Als ich mit meinem Mutterroman nicht mehr weiter wusste, erinnerte ich mich an Barsilays Buch. Wie, fragte ich mich, hatte er es eigentlich in *Meine Leute* gemacht, seinem berühmten Memoir, über das eine Zeitlang an unseren Schulen und Universitäten fast so viel gesprochen wurde wie über Sebald und Jelinek, legendär auch deshalb, weil es fast verfilmt worden wäre, mit einem jungen Schaubühnen-Star und gebürtigen Ukrainer in der Hauptrolle, der aber kurz vorher von einem zweistöckigen BVG-Bus direkt vor seinem Theater überrollt wurde. Wie, noch mal, hatte Barsilay von seiner »irren und wirren Familie« erzählt – das waren seine eigenen Worte gewesen, nicht meine –, deren Mitglieder sich in Zeiten des permanenten Weltbürgerkriegs die Hände oft genauso schmutzig machen mussten wie *unsere Leute?* Wie schaffte er es, von seinen »geliebten Feinden und Allernächsten« so zu sprechen, dass man ihn nicht für einen rachsüchtigen Kleingeist und Nestbeschmutzer hielt?

Ich hatte mit Barsilay seit unserer zufälligen Café-Einstein-Unterhaltung und dem dreiminütigen Sartorius-Desaster, das daraus folgte, nicht wieder gesprochen. Ich sah ihn nur ab und zu von Weitem in der Friedrichstraße in der Nähe der FAZ-Redaktion oder ich suchte vor dem Schlafengehen auf seiner Webseite Bilder seiner wasserstoffblonden, russischen Geliebten, um meine mitternächtliche Junggesellenpflicht zu erfüllen. Dass ich dabei einmal eine ziemlich wilde Fantasie mit ihm hatte – er in Valeria, ich mit meiner Zunge gleichzeitig zwischen ihren Beinen, ständig in Gefahr, auch ihn zu lecken –, steigerte sogar noch meine Wut auf ihn, den sadistischen Charmeur und Manipulator, den bösartigen Erck-Flüsterer und Saboteur meiner vielversprechenden akademischen Laufbahn.

Trotzdem erinnerte ich mich gern an meine erste Lektüre von *Meine Leute.* Das hatte aber weniger damit zu tun, dass Hans Ulrich Barsilay als indirekter Nachkomme von Leuten wie König David, Spinoza oder Glückel von Hameln tatsächlich so klar schreiben und denken konnte, wie *sie* es oft können, von Geburt an sozusagen und damit völlig unverdient. Es gab einen anderen Grund: Ich hatte das erstaunlich dünne, notizheftleichte Buch in einer Zeit gelesen, als es mir so gut ging wie nie vorher und nie danach – am Ende des letzten Jahrtausends, in meinem zweiten oder dritten Berliner Jahr, als die ersten frisch renovierten, meist grellweiß oder zitronengelb leuchtenden Häuser in den noch halb verfallenen Straßen rund um den Teutoburger Platz das strahlende, zu nichts verpflichtende Glücks- und Erfolgsversprechen waren, das mir diese neu erwachende alte Stadt gab. Ich weiß noch genau, wie ich einmal, an einem ungewohnt klaren, milden Julitag, von mittags bis abends vor dem kleinen Hummus-Laden in der schräg abfallenden, fast immer sonnenbeschienenen, zauberhaften Veteranenstraße gesessen hatte. Ich trank frischen Pfefferminztee, las, rauchte und schaute immer nur kurz auf, wenn eine Straßenbahn laut den Berg hinaufkroch oder wenn ich spürte, dass ein berühmter junger Schauspieler oder eine halbnackte, zwanzigjährige Berlin-Nymphe vorbeiging. Irgendwann setzte auf einmal die Abenddämmerung ein, und ich fühlte mich so glücklich und erschöpft, als hätte ich selbst dieses schmale, aber äußerst kompromisslose Familienbuch geschrieben.

Eigentlich sollte Barsilay nicht Hans Ulrich heißen, sondern – nach seinem in Polen verschollenen Großvater – Alfred. Aber dann musste seine schwangere Mutter wegen plötzlicher Wehen allein ein Taxi ins Krankenhaus nehmen, und weil sie es bis zum Krankenhaus nicht mehr schaffte und der Taxifahrer, der ihr bei ihrer Sturzgeburt half, Hans Ulrich hieß, wurde der arme Barsilay nach diesem guten Deutschen benannt. Diese Geschichte erzählte Barsilay gleich am Anfang von *Meine Leute,* sie war das Leitmotiv seines ganzen Lebens. »Deutscher wider Willen, ja, das war ich immer wieder«, schrieb er, »und

das waren auch schon die Barsilays vor mir. Brave, flei-
ßige, leicht perverse Marranen, so wie schon unsere aus
Guadeloupe und Granada vertriebenen Urväter, die nicht
noch mehr auffallen wollten, als sie es ohnehin taten.«

Ja, so war es wohl wirklich, jedenfalls so lange, bis
Hans Ulrich Barsilay himself unter die Deutschen kam
und irgendwann ganz andere, weniger friedliche Saiten
als seine Vorfahren aufzog. Als der Bankier Samuel Hein-
rich Barsilay, sein Ururgroßvater, nach dem großen Hamburger Brand seinen christlichen Mitbürgern Geld lieh,
damit sie ihre Stadt wieder aufbauen konnten, verlangte
er keine mittelalterlich hohen Zinsen von ihnen, sondern
bloß die lebenslange freie Mitgliedschaft im Hambur-
gischen Jakobiner Club, und er ging nur noch dann in
den sogenannten Tempel, wenn er hörte, dass oben auf
der Frauenempore eine neue, minderjährige Schönheit
aufgetaucht war. Ein anderer Barsilay – Leopold hieß er,
glaube ich – gehörte neben Joseph Marimi und Abraham
Rothenstein zu den Begründern des eine Weile ziemlich
einflussreichen Historien- und Cultur-Vereins, diesem
netten, kleinen Versuch von Leuten wie *ihnen,* den Auge-
um-Auge-Aberglauben des Alten Testaments zu über-
winden. Und wie viele Barsilays die Reichswehr auf den
Blutfeldern von Frankreich und Flandern zurücklassen
musste, konnte nicht einmal der sonst so gut informierte
Barsilay zählen.

War es eigentlich schon in der Zeit des Weltkriegs
Nr. 1, als seine umtriebigen Vorfahren begannen, sich
in den Widersprüchen ihrer »Herkunft und Hinkunft«
zu verwickeln, wie Barsilay selbst fragte? Oder kam die

große Schuld erst danach, als die ganz neuen, besonders strengen Herren Deutschlands beschlossen hatten, Leuten wie ihnen ein einfaches Ticket ohne Rückfahrt in den Osten auszustellen und sie vorher auch noch darum zu bitten, für sie den einen oder anderen unwilligen Passagier in den Straßen Münchens, Düsseldorfs und Berlins aufzuspüren? Sein Großvater Alfred, der bekannte Theaterkritiker, der bei der Weltbühne in Berlin immer dann als Chefredakteur einspringen musste, wenn Tucholsky unter seiner chronischen Sinusitis litt oder mal wieder den Selbstmord plante, streifte jedenfalls fast zwei Jahre zusammen mit Madame Goldschlag und dem Rest ihrer feinen Denunziantenclique durch Charlottenburg und Berlin-Mitte, bevor es auch ihn selbst traf. Darüber wurde, wie Barsilay ehrlich und trotzdem so merkwürdig sentimental in *Meine Leute* zugab, nie nach dem Krieg in der Familie gesprochen. Und es wurde auch lange vor ihm verschwiegen, dass Alfreds Brüder Hans und Hinrich, KPD-Zeloten der ersten Stunde, in ihrer Moskauer Zeit erst mit kleineren und größeren Hinweisen dem NKWD halfen, das Hotel Lux gästefrei und besenrein zu machen, um sich später auch noch gegenseitig bei Stalins Geheimdienst zu denunzieren. Das Prinzip Frenkel, sozusagen.

»Nein«, schrieb Barsilay, »ich wollte nicht so wie meine eigenen Leute werden, ein kleiner, feiger Verräter am eigenen Volk, und zwar gleich im doppelten Sinn. Und ja, ich ahnte schon in meiner Jugend, dass es nicht reichte, besser Deutsch zu sprechen als Deutsche und besser zu schreiben als sie, um einer von ihnen zu sein.

Aber ich musste einundzwanzig Jahre, vier Monate und drei Tage alt werden, in Frankfurt Geschichte studieren und mich in eine Veranstaltung des AStA und des Deutsch-Palästinensischen Komitees ins Eschenheimer Volksheim verirren, damit mir endgültig das jüdische Licht aufging. Ich musste erst live miterleben, wie meine Kommilitonen minutenlang ›Tod den Israelis!‹ skandierten und dann den kleinen, schielenden Korrespondenten der Jerusalem Post aus dem Saal prügelten, um zu verstehen, dass Menschen wie ich immer verloren waren, egal ob sie versuchten, die Gesten, Gedanken und Moden der Eingeborenen zu übernehmen oder sich gegenseitig an sie auszuliefern.«

War das der Abend gewesen, an dem genau der Hans Ulrich Barsilay geboren wurde, den sich unsereins dreimal am Tag aus Deutschland wegwünschte, um trotzdem jeden seiner Artikel und Essays gierig zu lesen? Oder kam seine spektakuläre Wieder- oder Neugeburt – oder was immer es war – vielleicht erst ein paar Jahre später, als er für den Stern nach Auschwitz fuhr und dort in einer der sorgfältig restaurierten Gaskammern von einer rätselhaften und, wie er sie nannte, »bewusstseinserweiternden« Lähmung befallen wurde?

Das Auschwitz-Kapitel in *Meine Leute* war wahrscheinlich der beste, emotional verheerendste Teil des Buchs. Das ahnte ich schon bei meiner ersten Lektüre, aber beim zweiten Mal wurde es mir endgültig klar. Barsilay stand gerade genau dort, wo fünfzig Jahre vor ihm Tausende und Abertausende anderer gestanden und auf ihr unausweichliches Ende gewartet hatten, als er plötzlich merkte, dass er sich nicht mehr bewegen konnte. Seine Beine und Arme – tot. Sein Nacken – tot. Auch seine Augenlider waren wie eingefroren, und wenn er beim Atmen versuchte, den Brustkorb zu heben oder zu senken, merkte er, dass er gegen ein so mächtiges, überirdisches Gewicht ankämpfen musste, dass er es gleich wieder aufgab. Und weinen konnte er, trotz seiner Panik und Todesangst, natürlich auch nicht mehr.

»Von Auschwitz II«, fuhr Barsilay in seinem typischen Lasst-mich-doch-alle-in-Ruhe-Tonfall fort, »ging es zuerst mit dem Krankenwagen nach Oświęcim, zum einzigen Internisten der Stadt, einem winzigen, lieben, weißhaarigen Mann, der witzigerweise Dr. Alik Germanowicz hieß. Er sah mich nur kurz an und sagte in sehr schlechtem Englisch: ›Aha, das klassische Auschwitz-Stigma! Das haben wir hier öfter. Naja, was heißt schon wir. Das kriegen immer nur ›sic‹ – und wir müssen uns dann damit herumschlagen.‹ Er gab mir zwei Aspirin und eine halbe Koffeintablette, aber das half natürlich überhaupt nicht. Am selben Nachmittag fuhr mich die Ambulanz ins Freie Israelitische Krankenhaus nach Krakau, wo ich die nächsten drei Wochen so reglos und verzweifelt herumlag wie ein 30er-Jahre-Knochentuberkulose-Patient in seinem Ganzkörpergips. Eines Morgens – ich hatte endlich eine Nacht durchgeschlafen – dachte ich plötzlich: Moment, ich bin ja gar nicht krank! Und: Was sich wie die totale Paralyse anfühlt, ist wahrscheinlich nur eine Metapher auf meine kleine, verlogene Nachkriegsexistenz als Kind und Enkel von ein paar Überlebenden und noch mehr Vernichteten, und wo sonst, zur Hölle, soll ich so was kriegen, wenn nicht in Auschwitz II? Im nächsten Moment sprang ich völlig geheilt auf, riss das Krankenblatt aus der Halterung an meinem Bett und begann damit, mir auf der Rückseite Notizen für meine Auschwitz-Reportage zu machen, in der ich ein für allemal den Deutschen die Freundschaft aufkündigte. War das klug? Nein! Aber richtig – so richtig wie der Eiertritt, den eine Frau dem Mann gibt, der sie vergewaltigen will. Ich nenne es den Barsilay-Dreh.«

Verdammt, dachte ich, als ich diese herrliche, böse Passage in Barsilays berühmtem Memoir jetzt schon das zweite Mal las, in der Hoffnung, dass mir das beim Schreiben meines eigenen Romans helfen würde, wie sollte mir etwas Ähnliches gelingen? Hier stimmte alles, nicht nur die Sprache und der Ton, sondern die ganze Situation, und dass Barsilay die große Erleuchtung ausgerechnet am dunkelsten, verbotensten Ort der Erde gekommen war, konnte ich nur neidisch anerkennen, denn so etwas Gro-ßes, Bewegendes, Literarisches war mir selbst in meinem ganzen Leben noch nicht passiert, und hätte er das nicht wirklich erlebt, müsste man denken, er hat eine ganz schön perfide Fantasie. Nein, verdammt, dachte ich immer wie-der, so ehrlich und zynisch wie er werde ich als Autor nie sein, nicht einmal, wenn es um meine treulose Mutter geht. Und schon gar nicht habe ich den Lesern irgend-welche großen Lebensmetaphern oder sinnhaften Anek-doten anzubieten, ich, das Kind zweier stummer, tempe-ramentloser Eltern, die sich lieber auf die Zunge gebissen hätten, statt mir zu erzählen, was sie am meisten liebten oder fürchteten oder wollten, und übrigens, das Verrückteste, was ich jemals erlebt habe, war ein altes Kamel, das durchs Rosental rannte. Ja, genau, das alles dachte ich, ich dachte es immer und immer wieder, während ich über mein eigenes Buch nachdachte – in der Straßenbahn, im Café, im Park –, und ich dachte es auch an diesem dunklen, fast nachtschwarzen, verregneten Herbstnachmittag des bis dahin ziemlich ereignislosen Jahres 2006, als ich ausnahmsweise mit dem Taxi zum Klassikradio fuhr, das damals noch vom Schiffbauerdamm aus sendete, um dort meine erste große Rezension – Günter Grass, *Beim Häuten der Zwiebel* – aufzunehmen.

Als ich ins Studio reinkam – graue Teppichböden überall, hellgraue Schreibtische, kahle, weiße Wände und ein einziges riesiges *Ein Hund namens Beethoven*-Plakat im Flur –, hörte ich, dass gerade der Kulturtalk um 3 lief. Und wer war der Gast? Hans Ulrich »Alfred« Barsilay, genau! Ich stellte mich hinter den Tonmann, der mich nicht bemerkt hatte, ließ meinen alten Armeerucksack auf den Boden fallen und beobachtete aufgeregt und misstrauisch zugleich Barsilay, der mal wieder wie ein alternder Mode-Geck aus der italienischen Vogue aussah, durch die dicke, grau reflektierende Glasscheibe. Er gestikulierte natürlich wild mit den Armen und Händen, dazwischen fuhr er sich ständig durch seine halblangen Leonard-Bernstein-Haare und erzählte dabei der Moderatorin, einer riesigen, unsicher lächelnden und sehr wagnerhaften Mittfünfzigerin, die ich vorher noch nie beim Sender gesehen hatte, dass viele Leute seinen nächsten Roman bestimmt pornografisch und auf die falsche Art edgy finden würden, vor allem die Frau, um die es darin ging.

»Aber wissen Sie«, sagte er, »das hält meine Valeria bestimmt aus. Sie ist nicht nur die Leiterin des Max-Planck-Instituts für Gravitationsphysik in Potsdam, ehemalige niedersächsische Jugendschachmeisterin und der einzige Mensch, den ich kenne, der fast jede Zeile Platonow auswendig kann, und zwar auf Deutsch und Russisch. Vor allem hasst sie, genauso wie ich, jedes Verbot, egal ob in der Wissenschaft, beim Schreiben oder im Bett. Pornografie? Blödsinn! Es geht mir nicht darum, zu beschreiben, wie ich ihr beim Sex die Finger in ihren Allerwertesten hineinschiebe – sondern um den tiefen, existenziellen Schmerz, der uns beide dabei gleichzeitig durchfährt. ›Eto njet‹, sagt sie vorher jedes Mal zu mir, ›Das nicht‹, aber ich tue es trotzdem, und Sie können mir glauben, zehn Minuten später ejakuliert sie noch mehr als ich. Ja, Sie können sich darauf verlassen, Valeria Petrowna Brik achtet die Freiheit der Kunst!«

Er lachte, die Klassikradio-Walküre lachte auch, ich merkte, wie unterhalb meines Bauchnabels etwas warm wurde, und noch bevor sie ihm die nächste Frage stellen konnte, fuhr er mit seinem aufgedrehten und auch ziemlich aufdringlichen Monolog fort.

»Alles immer so sagen, wie es war und ist!«, sagte er triumphierend. »Nichts verschweigen! Niemanden schonen, schon gar nicht sich selbst! Das habe ich natürlich auch nicht immer gemacht. Aber so und nicht anders mache ich es, seit ich zur Strafe für meinen Opportunismus, für diesen feigen Verrat an meinen eigenen Talmud-und-Thora-Brüdern, drei Wochen lang so tot war wie ein Stück Holz. Sie wissen, wo das war?«

Die Moderatorin nickte – und ich nickte unwillkürlich auch, denn jeder, der schon mal etwas von Barsilay gelesen hatte, wusste über sein bewusstseinsveränderndes polnisches Gaskammer-Erlebnis Bescheid, das er uns damals nicht nur in seinem Buch, sondern auch in jedem zweiten Artikel und Interview unter die Nase rieb.

»In Auschwitz«, sagte er, »richtig! Das musste mir ja auch genau dort passieren, obwohl es wie ausgedacht klingt, stimmt's?«

»Stimmt«, sagte sie.

»Ja, stimmt«, flüsterte ich und dachte: Oh mein Gott, genau, diese ganze Geschichte war ja viel zu gut, um wahr zu sein, natürlich war sie ausgedacht! Was für eine Chuzpe, wie *sie* sagen würden, warum kann ich nicht einmal im Leben genauso frech sein?! Und wieso habe ich es nie vorher bemerkt? Und darf man so etwas überhaupt?

In diesem Moment guckte mich Barsilay plötzlich ganz direkt und sehr freundschaftlich durch die verstaubte dicke Scheibe des Aufnahmestudios an. Er lächelte, winkte, ich winkte ebenfalls lächelnd zurück – und vergaß gleich wieder meinen schrecklichen Verdacht. Dann hob ich langsam den Rucksack auf und ging, weil ich vor meiner eigenen Aufnahme noch ein bisschen Zeit hatte, auf die Toilette. Dort schloss ich mich ein, ich setzte mich auf den heruntergeklappten Sitz, holte mein rotes Notizbuch raus und schrieb einen weiteren Romananfang, den ich später besonders schlecht fand.

7

Als ich am Morgen nach meiner verrückten, schrecklichen Hitlergruß-Aktion im Trois Minutes aufwachte, fing ich sofort an zu weinen. Ich lag im Bett und guckte zum Fenster, in dem alles so war wie immer im Winter – ein paar schwarze, spitze, krakelige Äste der uralten Kastanie vor meinem Haus und darüber ein farbloser, grauweißer Bring-dich-doch-um-Himmel –, und dabei heulte und schluchzte ich wie ein kleiner Junge. Ich glaube, ich hatte auch schon im Schlaf geweint, und jetzt machte ich einfach weiter und dachte gerührt, Großvater Julius wäre bestimmt stolz auf mich, wenn er sehen würde, dass ich, genauso wie er, meine Gefühle nicht unterdrücken konnte.

Irgendwann begann ich zu frieren und holte mir aus dem Wohnzimmer eine zweite Decke. Es war der alte, orange-braun karierte, tschechische Überwurf, der früher in Leipzig auch schon immer in unserem alten Wohnzimmer auf dem Sofa gelegen hatte. Ich breitete ihn so vorsichtig und akkurat, wie mein armer Vater es getan hätte, über die Bettdecke, dann legte ich mich wieder hin, steif, auf den Rücken, und verschränkte pharaonenhaft die Arme vor der Brust, so als wollte und könnte ich mich auf diese Weise vor all dem schützen, was schon bald auf mich zukommen würde.

Die Sache war so schrecklich wie einfach: Wenn man in

diesem Land den rechten Arm zu weit und zu sportlich in die Höhe hob, konnte man ein paar Jahre auf Bewährung oder eine ziemlich böse Geldstrafe dafür bekommen. Das wusste ich, weil wir einmal in der JB einen ganzen Abend lang genau darüber diskutiert hatten, nachdem ich vorher ein kurzes Referat über die Entstehung dieser unheilvollen Begrüßungsgeste und über das natürliche Verfallsdatum ihres Nachkriegsverbots gehalten hatte.

Warum ich mir gerade dieses Thema ausgesucht hatte? Wahrscheinlich hatte das etwas mit den Zeitschriften meines Großvaters zu tun, aber beschwören könnte ich es nicht. Ich interessierte mich damals für alles Mögliche, ich wollte ja auch wissen, warum die ersten bolschewistischen Funktionäre so gern ukrainische Bauernblusen trugen oder wieso Knut Hamsun seinen Nobelpreis nicht zurückgegeben hatte. Meine wichtigste These war jedenfalls – das wusste ich noch –, dass niemand wirklich sicher sein konnte, er habe den Führergruß erfunden. Weder Rudolf Hess, der das in seiner Zeit als Sekretär des Führers in einem langen, etwas wirren Essay im Neuen SA-Mann behauptet hatte, noch Benito Mussolini, dessen Saluto romano viele für das Original hielten. Und schon gar nicht Baron Coubertin, der sich noch als Greis bei jeder olympischen Eröffnungszeremonie aus dem Sitz auf die Beine kämpfte und seinen ins Stadion einmarschierenden Sportlern mit fest durchgedrücktem Arm salutierte. Ich selbst war mir aber sicher, dass in der ersten, so unglaublich verwirrenden und interessanten Hälfte des letzten Jahrhunderts eine solche Art des Grußes regelrecht in der Luft lag, dass der gestreckte

Arm mehr war als nur ein paramilitärisches Hallo. Er war, erklärte ich meinen überrascht und glücklich lächelnden JB-Freunden, wahrscheinlich dafür da, sich selbst und dem Gegrüßten weltanschaulich, politisch und so weiter die Richtung zu zeigen, ein Anachronismus, über den man lachen konnte und musste, wenn sich heutzutage dazu noch jemand hinreißen ließ – und somit nur eine sehr ungeschickte Art des Protests, end of story.

Ja, genau das war meine Meinung, als altkluger, belesener und weltfremder Gründer und Vordenker der Jungen Bibliothek von Gohlis, damals, in den neunziger Jahren, als andere, ältere und klügere Denker das Ende der Geschichte ausgerufen hatten. Und genau das dachte ich auch jetzt, fast zwanzig Jahre später, in meinem kalten Berliner Bett, starr vor Angst, die Wangen nass vom ständigen Weinen. Ich dachte, stimmt!, genau!, ich hatte gestern Abend Barsilay doch nur zeigen wollen, wie ungerecht ich mich von ihm behandelt fühlte, ich war doch kein Nazi! Im Gegenteil, ich wollte gegen seine fast schon totalitären Einschüchterungsversuche und Machtspielchen protestieren, mehr nicht. Ich wollte ihm, der vorher so böse und hinterhältig mit Zanussi über mich getuschelt hatte, als wäre ich ein Spielzeug, das er gleich zertreten würde, einfach nur klar machen, dass er mich nicht daran hindern dürfe, mein Naftali-Frenkel-Buch zu schreiben und herauszubringen – und zwar genauso, wie ich es wollte, in dem Verlag, wo ich wollte, und dabei war ich ganz sicher gewesen, dass er, der ewige Krawallmacher und Menschverbesserer, das besser verstehen müsste als jeder andere.

Das alles dachte ich also jetzt, schluchzend und leise wimmernd, als wäre jemand gestorben. Ich dachte es immer wieder, in immer neuen, halbwegs klaren, zusammenhängenden Worten und Sätzen, aber es half mir trotzdem nicht, mich besser zu fühlen, und als ich mich endlich ausgeweint hatte, stand ich auf – immer noch steif, verzweifelt und verfroren –, ich legte mir die kratzige tschechische Wolldecke um die Schultern, ich stellte mich wie ein alter, einsamer Mann ans Schlafzimmerfenster und sah raus, in der Hoffnung, draußen etwas Interessantes zu sehen, um so vielleicht auf andere Gedanken zu kommen.

Während ich geschlafen hatte, hatte es offenbar leicht geschneit. Der Asphalt in den Straßen, die den kleinen Park unten in einem schönen, klaren, irgendwie sehr preußischen, gleichförmigen Viereck umfassten, glänzte feucht und schwarz. Man sah nur noch hier und dort, auf dem Bürgersteig und unter den Bäumen, ein bisschen Schnee, der aber bestimmt bald wieder schmelzen und hoffentlich die letzten Reste dieser schrecklichen Nacht mit sich forttragen würde. Vor dem kleinen Pavillon neben dem Spielplatz, der mich mit seinen dicken, rohen Rundholzstämmen immer an eine steinzeitliche Pfahlbausiedlung erinnerte, standen ein paar Leute in dunkelblauen und weinroten Allzweckjacken, mit Rechen, Schaufeln und Eimern in den Händen. Bestimmt waren es die Eltern der Kinder vom Teutoburger Platz, die regelmäßig den kleinen Park und den Abenteuerspielplatz in Ordnung brachten, gut gelaunt und freiwillig, nicht so wie wir früher, die genervten Subbotniki, die immer im

Frühling die Grünflächen und Straßen vor den Bonzen-
häusern am Stalinring sauber machen mussten. Und an
der uralten, riesigen Kastanie vor meinem Fenster – ich
stellte mir oft vor, wer schon an ihr alles vorbeigegan-
gen war, Bertolt Brecht, Horst Wessel, Hans Rosenthal –
lehnte ein Fahrradbote in einem knallgrünen Ganz-
körperanzug aus Lycra und rauchte und telefonierte.

Ich konnte immer noch nicht glauben, was ich am
Abend vorher im Trois Minutes getan hatte! Hatte ich
mich wirklich in aller Öffentlichkeit vor Barsilay gestellt,
hatte ich tatsächlich »So viel Blödheit muss weh tun«
und »Du kleines Arschloch …« zu ihm gesagt und dabei
einen halben oder vielleicht sogar einen ganzen Hitlergruß gemacht? Und wer würde mir glauben, dass ich
unschuldig war, dass ich auf diese Weise nur ein Zeichen
gegen Barsilays eigene Nazimethoden setzen wollte? Jetzt
hatte er also etwas richtig Gemeines und Großes gegen
mich kleinen deutschen Idioten in der Hand, dachte ich,
während sich unten die Eltern vom Teutoburger Platz
langsam, in einem fast perfekten Gänsemarsch, in Gang
setzten. Jetzt musste er mir nicht mit Valerias Hilfe –
oder welche von seinen vielen jungen Frauen er dafür
auch immer benutzen würde – erfundene Belästigungs-
geschichten andichten. Und jetzt musste er nicht unserer feinen, schwermütigen, konfliktscheuen Verlegerin
die alten JB-Programme zuspielen, damit sie erst über
die politisch angeblich so unkorrekten Themen unserer monatlichen Workshops erschrak – »Carl Schmitts
Wahrheitsbegriff«, »Céline und die Juden«, »Der Zeit-
fremdling Nicolás Gómez Dávila« etc. –, um dann still

63

und heimlich den ersten Buchvertrag meines Lebens mit mir wieder aufzulösen.

Nein, er konnte ihr einfach nur erzählen, was ich gestern Abend angestellt hatte, und schon wäre ich kaputt, am Ende, erledigt. Und wenn er Lust hätte, würde er später auch noch im Deutschlandfunk oder bei 3sat oder sonstwo ein Interview geben, in dem es, so wie fast immer bei ihm, um die neuen und allerneuesten Rechten ginge, und dabei würde er, gespielt beiläufig, plötzlich mich erwähnen. Er würde in seinem typischen, pseudo-ironischen Betroffenheitstonfall erzählen, wie heruntergekommen und sprachlos inzwischen einige von *unseren* Intellektuellen seien, junge deutsche Männer wie ich, die gar nicht mehr zwischen heute und gestern unterscheiden konnten und wollten – und dann würde er Zigtausenden, Hunderttausenden Zuhörern mitteilen, was ich, der stammelnde und armfuchtelnde Retro-Clown, im Trois Minutes gemacht hatte. Ab da wäre ich für alle Ewigkeit nur noch der Typ mit dem Hitlergruß, mehr nicht, ein schmutziger, scheußlicher Feuilleton-Nazi, und ich würde nie wieder von einer Redaktion, von einem Verlag einen Auftrag bekommen, höchstens von der Jungen Freiheit oder den Neuesten Thule-Nachrichten, Heil Hinkel!

Ich merkte, wie es jetzt in meiner Brust wieder warm wurde. Die Wärme stieg zum Hals und ins Gesicht auf, und während die Eltern vom Teutoburger Platz anfingen, den Sandkasten und die winterliche graubraune Wiese umzupflügen und vom Dreck der letzten Monate zu säubern, kamen mir gleich noch mal die Tränen. Genauso, dachte ich, muss sich mein Großvater im Krieg gefühlt haben, der »arme, arme Julius«, der, völlig unschuldig und gegen seinen Willen und selbst zur Hälfte einer von *ihnen,* in die Verbrechen der Goldfasane hineingezogen wurde. Und dem es – wie er mir einmal erzählt hatte – in Russland auch nicht viel besser ergangen sei als den Leuten, die er und seine Kameraden in ihre Gettos zurücktreiben mussten. »Der Krieg, kleiner Erck«, hatte er zu mir gesagt, »war ein einziger großer Schwindel. Da waren keine Idealisten am Werk, nur feige, schweinische, freudige Sadisten in Offiziersuniform, die uns kleine Soldaten quälen wollten.« Und dann, das habe ich nie vergessen, hatte er das große, weiße Stofftaschentuch, das er immer dabei hatte, aus seiner Hosentasche gezogen und wortlos sein Gesicht darin verborgen.

Dieses Taschentuch hätte ich jetzt auch gern, dachte ich, während unten plötzlich zwei Väter aus der freiwilligen Reinigungskolonne anfingen, sich zu streiten und mit ihren Rechen aufeinander einzuprügeln. Und dann dachte ich, ich dürfe auf keinen Fall darauf hoffen, dass Barsilay mich vielleicht doch nicht denunzieren würde, weil er ja im Trois Minutes so erstaunlich stumm geblieben war, genauso wie Leo Meinl, Zanussi, Lola. Früher oder später würden die drei ihm sowieso beistehen und mit ihm zusammen live on stage über mich herfallen, das ging gar nicht anders im Land der einstudierten Bewältigungsgesten: Meinl, der mediengeile, medienhassende Besserwisser, der als Anwalt am liebsten immer nur das rechtlose, künstlerische und literarische Lumpenproletariat vertrat, aber nie die großen Verlage und Konzerne.

Zanussi, der alte Anarchist und Leipziger Nazijäger. Und Lola, die verstockte, scheinbar alterslose Idealistin, die vor ein paar Jahren extra nach Algerien gefahren war, nur um auf das Grab ihres folternden Großvaters zu spucken, wie sie uns später in Zanussis Atelier erzählte.

Dieses Trio der Anständigen würde sich natürlich auf Barsilays Seite schlagen! Sie würden, wenn es sein müsste, notfalls auch vor Gericht bezeugen, dass ich mit dem Zeigen eines besonders impertinenten Symbols des Dritten Reichs gegen den großen Holocaustkult gesündigt hatte, dass ich ein moderner Heide war, ein Ketzer wider Auschwitz. Nein, von ihnen sollte ich wirklich keine Hilfe, keine barmherzige Christen-Omertà erwarten, dachte ich, und nun traf einer der beiden Männer auf dem Spielplatz den anderen mit dem Griff seines Rechens so stark, dass er wie tot umfiel. Und während er von den anderen Eltern in ihren schrecklichen, formlosen, bunten Freizeitjacken in den Pavillon getragen wurde, wandte ich mich mit einem lauten Schluchzer vom Fenster ab und beschloss, mich erst einmal wieder in mein kaltes Bett zu legen.

Ich glaube, ich schlief sofort wieder ein, und als ich – zehn Minuten später?, drei Stunden später? – noch steifer und unterkühlter als davor aufwachte, dachte ich: Ich soll ein Ketzer wider Auschwitz sein? Wirklich? Ich, der jede Zeile von Primo Levi, Imre Kertész und Tadeusz Borowski gelesen hatte? Ich, der immer so vorsichtig über Berlins Bürgersteige ging wie über rohe Eier, aus Angst, zufällig auf einen der vielen herrlich glänzenden, sogenannten Stolpersteine zu treten, die mich schon deshalb an »dort«

erinnerten, weil sie von Weitem wie die goldenen Zähne aussahen, die man den armen Menschen vor ihrer Ermordung rausgerissen hatte? Und dann, wahrscheinlich, weil ich gerade selbst vor Entsetzen so paralysiert war, musste ich an Barsilays polnisches Gaskammer-Erlebnis denken, an seine legendäre, »bewusstseinserweiternde« Auschwitzlähmung. Und gleichzeitig erinnerte ich mich an diese zwei, drei Sekunden vor ein paar Jahren, im hässlichen, sterilen Klassikradio-Studio am Schiffbauerdamm, als ich plötzlich begriffen und genauso schnell wieder vergessen hatte, dass diese ganze schöne, schaurige Lähmungs-und-Erweckungs-Geschichte aus *Meine Leute* nur ein Fake war, eine üble Manipulation und Erfindung, um uns kleine deutsche Sünder noch kleiner zu machen als wir es schon waren, ein Barsilay-Dreh der Extraklasse sozusagen.

»Was ist mit mir los? Wieso habe ich das vergessen?«, sagte ich leise zu mir selbst. Dabei spürte ich, als wäre ich gar nicht ich, wie sich meine eben noch wie eingefrorenen Lippen bewegten, was fast schon etwas Pornografisches hatte. »Wer versündigte sich hier an Auschwitz?«, flüsterte ich weiter. »Wer missbrauchte dieses Menschheitsverbrechen für seine kleinen, egoistischen Zwecke? Ich oder er?«

Sekunden später merkte ich, wie in den Rest meines Körpers Leben zurückkam. Ich konnte wieder meine Beine und Arme spüren, sogar meinen sonst immer vollkommen steifen, leblosen Nacken, und mir war auch nicht mehr kalt. Ich sprang auf und schleifte die schwere tschechische Wolldecke ein Stück über dem alten, kaputten

Holzparkett meiner unrenovierten Ostberliner Wohnung hinter mir her, bis sie irgendwo mit einem leisen, reißenden Geräusch an einem heraustehenden Splitter hängen blieb, aber ich ging einfach weiter, ins Arbeitszimmer, in Boxershorts und T-Shirt, und ich fror zum Glück immer noch nicht. Im Arbeitszimmer stellte ich mich vor das hohe Bücherregal mit der Handbibliothek, die ich mir in den Tagen meiner ungeschriebenen Magisterarbeit zusammengestellt hatte. Ich ging nur ganz leicht auf die Zehenspitzen und zog mit einem einzigen, sicheren Griff Barsilays Memoir aus der oberen Judaica-Reihe, ich klappte es sofort auf der richtigen Seite auf und las – schnell, aufmerksam, fiebrig – noch einmal die ganze Auschwitzpassage, die ja wirklich sehr gut geschrieben war, das konnte man gar nicht anders sagen.

Als ich fertig war, stellte ich das dünne, schwarze Buch mit den hebräisch stilisierten Buchstaben auf dem Umschlag wieder zurück. Ich setzte mich, konzentriert, aber auch unsicher und nervös, ob mein Verdacht wirklich stimmte, an den Schreibtisch. Ich machte den Laptop auf und gab zuerst bei Safari so langsam wie ein Zweifingersystem-Amateur das Stichwort »Auschwitz-Stigma« ein. Nichts, gar nichts, kein einziger Treffer. Dann tippte ich: »Dr. Alik Germanowicz, Oświęcim«. Wieder nichts, zero. Und »Freies Israelitisches Krankenhaus in Krakau«? Existierte nicht, weder heute noch früher. Letzter Versuch: »Hans Ulrich Barsilay«, »Auschwitz« und »Stern«. Natürlich, wieder eine Niete, eine solche Reportage von ihm war dort niemals erschienen, und es gab sie auch sonst nicht! Okay, dachte ich erstaunt und amüsiert und

jetzt wieder ganz ruhig, im Gegensatz zu meiner treulosen Mutter und ihren schrecklichen Nazieltern war der
große Warner und Hasser Barsilay offenbar nie in Polen
gewesen.

Ich machte vorsichtig den Laptop wieder zu und guckte,
so wie sonst immer, wenn ich beim Schreiben nachdenken musste, auf die Wand rechts neben dem Fenster, wo
in einem einfachen, hellen Holzrahmen die kleine Blei-
stiftzeichnung hing, die am Anfang meiner Berliner Zeit
eine inzwischen vergessene junge argentinische oder spa-
nische Malerin bei einer Art-Week-Performance im Kel-
ler des Tacheles von mir gemacht hatte. Darauf wirkte
ich nicht ganz so erschrocken und vogelscheuchenhaft
wie sonst, eher wie ein metrosexueller Londoner Dandy
aus den neunziger Jahren, und das machte mir jedes Mal
gute Laune. Daneben hing eine Postkarte von den XII.
Weltfestspielen in Moskau, die ich irgendwann auf dem
Mauerparkflohmarkt gekauft hatte – und daneben ein
Foto von meinem armen, klugen Vater, als er noch jung
war und fast wie ein Schauspieler aus einer verbotenen
DEFA-Produktion aussah, eine Art ostdeutscher Alain
Delon, sorglos, ernst, temperamentvoll. Und dann war
da noch das Foto von Arafat al-Zaidins kleiner Schwester
Rania, das er ein paar Wochen vor dem Angriff auf Sabra
und Schatila gemacht und erst Jahre später entwickelt
und vergrößert hatte, als er schon auf der HGB Foto-
grafie studierte und leider nur viel zu kurz mein Freund
war, wahrscheinlich der einzige echte Freund, den ich je
hatte. Wieso er ausgerechnet jemandem wie mir einen
Abzug von diesem Bild geschenkt hatte, hatte ich selt-

samerweise lange nicht verstanden, ja, es war mir sogar peinlich gewesen. Die arme Rania, dachte ich jetzt und zwang mich, nicht wieder zu weinen, sie wurde nur neun Jahre alt – neun Jahre! –, ermordet von der faschistischen Falange, unter den Augen von Scharons Panzergrenadieren. Dass mir gleichzeitig das Bild des Jungen mit der Mütze aus dem Warschauer Getto einfiel, vor dem es ein paar Jahre lang für jeden historisch Interessierten kein Entrinnen gab, war sicher mehr als eine zufällige Gehirnstrom-Kapriole.

Ich schüttelte kurz heftig den Kopf, so als könnte ich auf diese Weise alle guten und schlechten Gedanken einfach so wegschütteln, loswerden und vergessen. Und dann sagte ich wieder ganz leise: »Nein, Barsilay, oh nein … Nein, nicht ich bin jetzt am Ende und erledigt. Genau das wirst aber du sein, wenn alle erst einmal von mir erfahren haben, dass du in *Meine Leute* mit dem Andenken an das größte Verbrechen aller Zeiten Schlitten gefahren bist. Fahr zur Hölle, du Heuchler!«

8

Und jetzt will ich kurz erzählen, wie Valeria und ich fast ein Paar wurden. Das war ungefähr ein halbes Jahr, bevor ich im Trois Minutes vor Barsilay und seinen schon ziemlich betrunkenen, aber wie immer äußerst misstrauischen Freunden die Kontrolle verloren hatte – zum Glück, muss ich ja inzwischen sagen –, und ich kann gleich auch noch verraten, dass das mit Valeria und mir wirklich sehr knapp war. Naja, vielleicht übertreibe ich auch ein bisschen.

Seit dem Prozess, den Valeria gegen Barsilay wegen seines tatsächlich sehr unangenehmen Sexromans geführt und bis zu diesem Tag in allen Instanzen gewonnen hatte, hatte ich sie nie wieder gesehen, nicht mit ihm logischerweise, aber auch nicht allein. Davor hatte ich sie natürlich auch nie getroffen – dabei hatte ich sogar ein paar Mal ihretwegen umsonst stundenlang im Café Einstein herumgesessen und so getan, als würde ich die Welt oder die Zeit lesen oder mal wieder mein kleines rotes Notizbuch vollschreiben. Einmal waren Barsilay und sie in der Friedrichstraße kurz vor mir in eine Straßenbahn eingestiegen, und obwohl ich ziemlich weit weg stand, noch auf der anderen Seite der Kreuzung, erkannte ich Valeria sofort an ihren kleinen, schnellen Schritten und an der nervösen und trotzdem selbstbewussten Art, mit der sie immer wieder ihr enges schwarzes Top und den darunterliegenden BH richtete. Während des *Lustlos*-Prozesses tauchte dann ab und zu in einer Zeitung oder im Netz ein Bild von ihr auf – also jedes Mal, wenn Barsilay und sie einen ihrer Gerichtstermine hatten und jemand etwas darüber schrieb –, doch das war leider nur ihr offizielles Max-Planck-Bild, schwarz-weiß und nicht viel aufregender als ein altmodisches Passfoto. Das kannte ich aber sowieso schon, weil ich manchmal, wenn mir die Erinnerung an unsere einzige Begegnung nicht mehr reichte, im Internet auf ihre Institutsseite ging und es mir dort, mal mehr, mal weniger schuldbewusst, anschaute.

Valeria benutzte bei der Arbeit offenbar kaum Make-up. Ihre ungewöhnlich blonden, gefährlichen Haare waren akkurat hochgesteckt, sie trug, ähnlich wie eine stark tätowierte Sachbearbeiterin von der BVG oder vom Einwohnermeldeamt, einen alles verdeckenden, hellgrauen Rollkragenpullover. Und das schöne, klare, leicht asiatisch anmutende Gesicht war zwar immer noch klar und schön, aber sie hatte es, als dürfte sie im Büro keine menschliche Regung zeigen, völlig unter Kontrolle. Sie guckte leicht an der Kamera vorbei – ernster Blick, gezwungenes Lächeln, die prachtvollen Zähne gut versteckt hinter den fest verschlossenen Lippen – und war in Gedanken offenbar gerade bei der nächsten Versuchsreihe oder beim letzten schrecklichen Essen in der Institutskantine. Nein, dachte ich, wann immer ich mir das Bild ansah, das war nicht die Valeria, die ich damals mit Barsilay im Café Einstein kennengelernt hatte, das war nicht die Frau, an die ich, der mehr oder weniger freiwillige Einzelgänger und mutterhassende Frauenverächter, gegen meinen Willen immer wieder aufgeregt dachte – und trotzdem musste mir das reichen, denn von Barsilays Webseite waren ihre Fotos schon vor Ewigkeiten wieder verschwunden.

Und dann stand sie eines Tages in der Tür meiner Wohnung einfach vor mir. Sie sah wieder genauso aus wie im Café Einstein – nicht sehr groß, kräftig und voller Leben –, aber sie war etwas älter geworden. Sie hatte eine neue, große Falte zwischen den Augen und viele kleine Falten in den beiden Winkeln ihres großen, sehr rot geschminkten Mundes, was bestimmt auch damit zu tun hatte, dass sie sich wegen der Sache mit dem Prozess jahrelang herumquälen musste. Sie hatte ein halblanges, hellblaues Kleid mit kurzen Ärmeln an, weiße Espadrilles mit sehr hohen Plateausohlen, und ihre herrlichen, von der Sommersonne besonders hellen, blonden Marina-Vlady-Haare waren offen und rutschten ihr immer wieder über die halbnackten Schultern und die mongolisch vollen, braungebrannten Wangen. Am liebsten hätte ich ihr die wilden, schimmernden Locken sofort aus dem Gesicht gestrichen, während sie, leicht verlegen, aber auch selbstbewusst, vor mir stand und an mir vorbei in meine Wohnung hineinguckte.

»Entschuldigen Sie«, sagte sie, »ich wollte eigentlich gar nicht zu Ihnen.«

»Nein?«, sagte ich. »Wie schade.«

»Der Makler, mit dem ich um elf verabredet war, ist nicht gekommen. Es geht um die Wohnung über Ihnen.«

»Okay«, sagte ich.

»Sie haben eine ganz rote Stirn«, sagte sie.

»Ich weiß«, sagte ich.

»Dürfte ich vielleicht Ihre Wohnung anschauen? Sie ist bestimmt ähnlich.«

»Das weiß ich nicht«, sagte ich, und dann musste ich mich, weil mir plötzlich schwindlig wurde, an der Tür anlehnen.

Als sie geklingelt hatte, hatte ich noch leicht verdreht und leise stöhnend auf dem kalten Fußboden im Badezimmer gelegen, weil ich kurz vorher duschen wollte und mich beim Ausziehen so ungeschickt in meiner Boxershorts verfangen hatte, dass ich wie ein gefällter Baum umgekippt war und mir dabei die Stirn am Waschbecken angestoßen hatte. Trotzdem stand ich beim Läuten der Türklingel sofort auf. Ich zog mir langsam Papas alten braunen Frottee-Bademantel an und die schon ziemlich abgewetzten, nicht mehr ganz weißen Hotelhausschuhe aus dem Sea Palace in Travemünde, wo ich vor ein paar Jahren als Gewinner eines Radio-1-Gewinnspiels ein Wochenende verbracht hatte, und als ich endlich aufmachte und sah, wer vor meiner Wohnungstür stand, dachte ich, ich hätte Halluzinationen.

Valeria hatte mich dagegen gar nicht erkannt. Sie entschuldigte sich noch zwei-, dreimal dafür, dass sie mich gestört habe – hatte sie wirklich schon immer diese tiefe, rauchige und zugleich kindchenhafte Cartoon-Stimme gehabt?, dachte ich überrascht –, und sie fragte mich sogar, ob es mir schlecht ginge und ob sie mir irgendwie helfen könne. Als ich Nein sagte, kam sie ganz schnell rein und begann, ohne sich nach mir umzusehen, mit ihrer kleinen Besichtigung, so als wolle sie eigentlich viel lieber bei mir einziehen als ein Stockwerk weiter oben.

Die große, helle Küche gefiel ihr sofort. Das fensterlose Bad, in dem es seit Jahren so roch, als hätte dort irgendwann einmal eine Ehefrau den von ihr vergifteten Ehemann in der Wand eingemauert, mochte sie weniger, meinte aber, dass es mit einer großen, runden Badewanne, modernen fliederfarbenen Fliesen und einem Doppelwaschbecken aus Travertin oder italienischem Marmor bestimmt so schön wie in einem Prospekt werden würde. Und ins Schlafzimmer warf sie nur einen kurzen, leicht entsetzten Blick, was vielleicht damit zu tun hatte, dass es nicht viel größer war als mein Bett, aber vielleicht auch mit all den leeren Joey's-Schachteln, halb ausgetrunkenen Colaflaschen und alten zerknitterten Zeitungen zusammenhing, die im Bett, auf dem Boden und auf der Fensterbank lagen.

Als sie das Arbeitszimmer betrat und den Schreibtisch mit dem aufgeklappten Laptop, den Manuskripten und den hohen Bücherstapeln überall sah, lächelte sie erst anerkennend, dann traurig. Und dann sagte sie: »Sind Sie auch Schriftsteller?«

»Sie auch?«, sagte ich.

»Nein«, sagte sie. »Aber mein Exfreund war Schriftsteller. Offenbar sind die Arbeitszimmer von allen Schriftstellern irgendwie gleich. Ich hab früher manchmal stundenlang auf der anderen Seite seines Schreibtischs gesessen, während er mir seine neuen Sachen vorlas. Und dabei habe ich immer versucht, mir die Titel von den Büchern zu merken, die bei ihm herumstanden.«

»Das fiel Ihnen bestimmt sehr leicht«, sagte ich, weil sie, wie Barsilay in seinem Radio-Interview erzählt hatte, doch schon den ganzen Platonow auswendig konnte.

»Nein, natürlich nicht. Wie kommen Sie darauf?«

»Ich weiß, wer er ist«, sagte ich plötzlich. »Wir kennen uns sogar ein bisschen.«

»Wir auch?«, sagte sie so abwesend und gelangweilt, als interessiere sie das gar nicht. »Das kann ich mir eigentlich gar nicht vorstellen. Es wäre ja auch ein ziemlich verrückter und völlig bedeutungsloser Zufall, oder?«

»Nein, ich glaube nicht, dass wir uns kennen«, sagte ich. »Wollen Sie trotzdem mit mir in meiner schönen, hellen Küche einen Tee trinken?«

Beim Teetrinken – wir saßen an dem grauen Plastetisch, der noch von den alten DDR-Mietern vor mir stammte – guckten wir abwechselnd aneinander vorbei aus dem Fenster und redeten über Russland. Sie hatte im Arbeitszimmer die Postkarte von den Weltfestspielen in Moskau gesehen und sagte traurig: »Dort bin ich geboren.« Dann erzählte sie mir, dass ihr Vater sie als Zwölfjährige einfach entführt hatte, dass er mit ihr, gegen den Willen der Mutter, einer ehemaligen sowjetischen Biathlon-Meisterin und neokommunistischen Duma-Abgeordneten, allein ins reiche Deutschland gezogen war, und dass die Mutter deshalb nicht nur auf ihn böse gewesen sei, sondern auch auf sie, das unschuldige, verlassene Kind. »Sie hat mich nie angerufen, sie hat mir nie geschrieben«, sagte Valeria, »sie hat mich einfach vergessen.«

Ich nickte und sagte, dass ich eine ähnliche Geschichte hätte, und nachdem ich ihr praktisch alles über meine

Mutter und ihre irre Schuld-und-Sühne-Story erzählt hatte – die Beschreibung meines an einem polnischen Strick baumelnden Nazi-Großvaters ersparte ich ihr natürlich –, nachdem ich fast schon damit angegeben hatte, dass Mama von einem Tag auf den anderen ohne Abschied in einem Jerusalemer Kloster verschwunden war und zehn Jahre später, nach ihrer Rückkehr nach Deutschland immer noch kein Wort mit mir reden wollte, nachdem ich der staunenden Valeria die Szene beschrieben hatte, wie Mama mir einmal genau vor dem PDS-Haus am Rosa-Luxemburg-Platz entgegenkam und mich im Vorbeigehen nur wie einen fernen Bekannten grüßte, redeten wir über den *Lustlos*-Prozess.

Das heißt, zuerst fragte sie mich, woher ich eigentlich Barsilay kannte. Ich sagte, ich hätte mit ihm einmal fürs Klassikradio ein Interview gemacht, was natürlich gar nicht stimmte, aber sie nickte trotzdem interessiert. Danach sagte ich, dass er und ich uns einmal im Café Einstein furchtbar gestritten hätten, weil er zu mir gesagt hätte, er als Enkel der beiden NKWD-Schergen Hans und Hinrich Barsilay habe jedes Recht der Welt, den Bolschewismus und seine zeitgenössischen Verteidiger wie mich zu verachten, und während ich ihr das erzählte, dachte ich daran, wie angenehm überrascht ich gewesen war, als ich ein paar Monate vorher in der FAZ einen Nachruf auf den, wie dort stand, »viel zu früh verstorbenen« Diktaturforscher Wolfgang Sartorius entdeckt hatte.

Das mit dem Streit zwischen Barsilay und mir stimmte natürlich genausowenig wie die Sache mit dem Radio-interview. Ich hatte das alles nur deshalb erfunden, damit Valeria sich endlich daran erinnerte, dass wir uns schon mal im Café Einstein kennengelernt und sozusagen übers Eck, mit Hilfe des zwischen uns sitzenden und uns beide gleichzeitig tätschelnden Barsilay, Händchen gehalten hatten, aber das funktionierte leider überhaupt nicht. Statt zu sagen: »Moment, haben wir uns nicht auch schon mal dort gesehen?«, oder etwas in der Art, flüsterte sie bloß: »Ja, es ist ein Horror mit ihm. Er will, dass andere klüger sind als er selbst, obwohl er doch schon so klug ist.«

Ich nickte, ohne genau zu verstehen, was sie damit meinte, zugleich froh, dass es offenbar noch mehr Gründe gab, Barsilay zu verachten, als ich sie selbst schon hatte. Dabei sah ich an ihr vorbei zum Fenster, wo die schweren Äste meiner alten preußischen Kastanie im Juniwind schaukelten und ihre riesigen Blätter wie die Wellen eines endlosen, dunkelgrünen Meers schimmernd hin und her wogten. Sie guckte auch raus und sagte: »Leider konnte ich ihm seinen Roman nie verzeihen. Ich weiß, dass er es tun musste, aber wie konnte er glauben, dass mir das egal sein würde?« Und dann erzählte sie mir die Geschichten, die ich sowieso schon aus den Zeitungen kannte – und noch ein paar andere.

Zuerst sagte sie, sie habe sich vor jedem Gerichtstermin tagelang übergeben. Danach beschwerte sie sich darüber, dass der große Freigeist und kleine Glatzkopf Leo Meinl nicht sie verteidigt hatte, sondern Barsilay, ausgerechnet er, dieser hässliche, verlogene, schlecht angezogene Kerl, mit dem sie und Barsilay früher beide befreundet waren und der Barsilay jedes Mal angeschrien hatte, wenn der sie wie seine kleine, dumme Sexpuppe bevormundete und vor allen Leuten befingerte, obwohl er, Meinl, in Wahrheit genau dasselbe von ihr wollte wie alle. Sie redete dann auch darüber, dass man Barsilays Buch, das eigentlich für immer und ewig verboten sei, trotzdem überall kriegen könne, sogar bei Amazon, für 200 Euro, dass also immer noch jeder lesen könne, wie sie im Bett sei, wie sie – streng, humorlos und fast schon sowjetisch – über ihr Potsdamer Institut herrsche und wie sie als Jugendliche einmal in der Innenstadt von Celle von Nazis bewusstlos geprügelt wurde, weil sie mit ihrem Vater laut auf Russisch telefoniert habe, was ihr noch viel peinlicher sei als alles andere in dem Roman, denn wer will schon vor der ganzen Welt als schuldiges Opfer dastehen? Und sie verfluchte all die großen und kleinen Künstler, die meinten, das Leben aller anderen Menschen gehöre ihnen.

Als sie mich dann plötzlich fragte, ob ich *Lustlos* auch gelesen hätte, stockte ich kurz und sagte nicht sehr überzeugend: »Um Gottes willen, nein, ich lese nur echte Literatur, keine Kolportage!« Und so ungeschickt und lebensfern, wie es nur ein Dessauer sein kann, fügte ich verschwörerisch leise hinzu: »Ich habe natürlich von der Sache gehört. Aber ich bin wirklich nicht gern dabei, wenn andere Leute öffentlich ihre schmutzige Wäsche waschen. Nein, sorry, da muss ich passen.« Während ich ihr antwortete, war ihr Blick immer noch woanders, bei meiner Kastanie, in dem wasserblauen Himmel dahinter, in Moskau, bei ihrer Mutter, whatever. Jetzt sah sie mich an, sehr direkt und sehr böse, und sagte: »Das glaube ich Ihnen nicht, das ist eine Lüge. Schade …« Und nach einer kurzen Pause fügte sie hinzu: »Sie sind der indiskreteste Mensch, den ich getroffen habe. Sie sind ja ein richtiger Spanner!«

Sie stellte vorsichtig ihre Teetasse wieder hin, sie griff nach ihrer schweren, roten Handtasche, die die ganze Zeit vor ihr auf dem Tisch gestanden hatte, und erhob sich schnell und ruckartig. »Ich will die Wohnung über Ihnen nicht«, sagte sie leise. »Ich bin doch nicht verrückt! Ich will nicht über jemandem wohnen, von dem ich weiß, dass er auch nur ein verrückter, verlogener Mann ist wie alle anderen Männer. Und der noch mittags um eins im Bademantel und Hausschuhen herumläuft.« Und bevor sie ohne Abschiedsgruß rausging, drehte sie sich noch ein Mal um und sagte: »Jetzt ist Ihre Stirn blau, nicht mehr rot, Sie trauriger Einsiedler.«

Nachdem sie weg war, saß ich noch lange an meinem alten DDR-Küchentisch und guckte aus dem Fenster. Aber ich sah dort keine Blätter, keine Sonne, keine dünnen, trägen Berliner Schleierwolken mehr, sondern nur noch den tiefgrauen, schweren Abglanz der wenigen Jahre, die mir blieben, bis ich so alt werden würde wie mein Vater und dann genauso wie er keine Lust mehr hätte, ein fremder Gast auf dieser Welt zu sein – oder so ähnlich. In meinem Kopf klopfte und hämmerte es wieder, mir war schlecht, ich schwitzte, und ich fragte mich, ob das alles wirklich gerade passiert war.

Ja, sagte ich zu mir selbst, leider, und ich sollte wirklich froh sein, dass diese überempfindliche und verdammt seltsame russische Hysterikerin so schnell wieder aus meinem Leben verschwunden war, wie sie darin aufgetaucht ist. Gleichzeitig dachte ich: Nein, Unsinn, sie und ich, wir waren doch schon so nah dran gewesen! Wir haben uns bereits unsere bösesten Familiengeheimnisse anvertraut, wir haben einander so tief in die Augen geschaut wie alte Vertraute, und sie hatte sogar schon meine Wohnung besichtigt und sehr gute Renovierungsvorschläge gemacht. Und darum – und nur darum! – war es ganz allein Barsilays Schuld, dass es am Ende mit uns nicht geklappt hatte. Ohne sein verfluchtes Sexbuch hätten wir bestimmt noch stundenlang weitergeredet und miteinander Tee getrunken und später dann auch zusammen etwas gegessen, und wenn es ganz dunkel und spät und Nacht geworden wäre, wären wir einfach schlafen gegangen, in mein ungemachtes, dreckiges Bett, aber das wäre ihr trotzdem völlig egal gewesen.

Ja, genau das dachte ich wirklich, ich Dummkopf, während ich, so wie immer, seit ich nicht mehr in der Gustav-Adolf-Straße wohnte, allein an meinem Küchentisch, in meiner Wohnung saß, inmitten all meiner Bücher, Manuskripte und falschen Träume. Und dann wurde ich ohnmächtig und rutschte von meinem Stuhl auf den Küchenboden, der im Sommer seltsamerweise noch kälter war als im Winter.

9

Naftali Aronowitsch Frenkel wurde 1883 in Odessa oder in Haifa geboren, das wusste keiner genau, aber irgendwie war es dasselbe, wenn man sich die Bevölkerungsstatistik beider Städte aus dieser Zeit in der Rubrik »Historisch alteingesessene und neuzugewanderte Einwohner« ansah und dabei sofort ganz oben die Zahl der rastlosen Kinder Abrahams entdeckte. Als er fünfzehn war, machte ihn der Vorarbeiter einer Baufirma mit dem klingenden Namen Gurfinkel in der südukrainischen Hafenstadt Cherson zu seinem Assistenten. Sie bauten Schulen und Klubheime in den neuen Kolonien in Palästina, und dass sich der junge Frenkel trotz der vielen Dienstreisen in seine historische Heimat dagegen entschieden hatte, für immer im Gelobten Land zu bleiben, sagte bereits sehr viel aus über die Weitsicht dieses schmalen, unternehmungslustigen Jungen mit dem hageren Orientalengesicht und dem wie festgeklebten Pubertätsflaum auf der Oberlippe, der es übrigens von Anfang an liebte, andere Menschen gegeneinander aufzubringen, um von ihrem Streit zu profitieren. Vermutlich hatte der frühreife, bauernschlaue Frenkel schon bald erkannt, dass aus dem zionistischen Traum eines Tages der Alptraum anderer werden würde – und daran wollte er als jugendlicher Idealist natürlich nicht teilnehmen. Möglich war aber auch, dass er sich schon damals von einer ruhelosen, unverbindlichen Wanderschaft bessere berufliche Aufstiegschancen und Verdienstmöglichkeiten versprach als von einem eintönigen, beschwerlichen Siedlerleben. Ja, genauso muss es gewesen sein, so und nicht anders.

Zwei Jahre später war Frenkel bereits selbst Vorarbeiter, bei der obskuren Import- und Exportfirma Steiner & Co im nahegelegenen Nikolajew, die er nach der Oktoberrevolution einfach übernahm, weil der ängstliche Besitzer nicht ganz ohne Grund vor den Bolschewiken ins Ausland geflohen war. Frenkel beschloss sofort den Umzug des Unternehmens nach Odessa, das uneinnehmbare Xanadu des illegalen Warenhandels, des schnellen Rubels und des Moralsurroggats »Gaunerehre«. Hier wollte er seine eigenen Schiffe mit französischen Seidenstrümpfen, Gold, Schmuck, englischen Fedorahüten und dem weißen Kaviar des seltenen Albino-Störs beladen und die meistens gestohlene Ware zwischen Russland, Rumänien und der Türkei hin- und herschicken, wie es ihm passte. Es dauerte natürlich nicht lange, bis ihn Mischka Japontschik, der König von Odessa, an seinen kleinen, kaputten Marmortisch im früher noblen Café Franconi bat, um ihm höflich, aber streng zu erklären, dass ab jetzt die Hälfte von Frenkels Gewinnen ihm gehörte. Das Gespräch endete damit, dass sie stattdessen Partner wurden und von diesem Tag an ihre Banden oft gemeinsam losziehen ließen.

Von Mischka Japontschik, der eigentlich Michail Jakowlewitsch Winnizkij hieß und aus der sagenumwobenen Moldowanka stammte, dem gefährlichsten Viertel Odessas, übernahm Frenkel nicht nur dessen selbstbewusste, dandyhafte Art, sich anzuziehen, weshalb sie schon bald wie Brüder aussahen mit ihren schnittigen Schnurrbärten, den engen, schwarzen Ledermänteln und kecken, immer ein bisschen zu klein wirkenden Schirm-mützen. Von ihm lernte er vor allem etwas, das Mischka Japontschik selbst als Kind im sogenannten Cheder von seinem Talmudlehrer eingeprügelt bekommen hatte: um die Ecke denken, fünf Schritte im Voraus denken, immer nur für sich selbst denken. Mit dieser Lebensphilosophie konnte Frenkel natürlich viel anfangen, er hatte sie sozu-sagen im Blut, und sie half ihm, später, in den Wild-West-Jahren des NEP-Kapitalismus, sein eigenes Schmuggel-, Erpressungs- und Geldwaschimperium aufzubauen.

Weniger begeistert war der Neuling aus Nikolajew davon, dass sein Gangsterbruder ihn, so wie es das uralte Gesetz der Moldowanka verlangte, immer wieder dazu aufforderte, einen Teil der Einnahmen den Armen und Kranken unter den eigenen Leuten im Getto zu geben. Als der wütende Mischka Japontschik eines Tages erfuhr, dass Frenkel dieses heilige Gebot jahrelang ignoriert und im Kreis seiner Schläger über Mischkas provinziellen Tra-ditionsgehorsam oft Witze gemacht hatte, war es aber für eine persönliche Bestrafung unter Gaunern zu spät. Fren-kel war kurz vorher – nach einer anonymen Anzeige des von ihm ebenfalls angewiderten Rabbinerrats der Stadt beim Innenministerium – von einem Dutzend schwer bewaffneter Tscheka-Agenten verhaftet worden und befand sich inzwischen dreitausend Kilometer entfernt im Solowezki-Gulag, dem ersten sowjetischen Straflager überhaupt, verurteilt zu zehn Jahren Zwangsarbeit wegen

Schmuggels, Zuhälterei und anderer privatwirtschaftlicher Aktivitäten. Ende einer großen, schillernden Getto-Karriere … Nein, doch nicht.

Und wie wurde Naftali Aronowitsch Frenkel vom einfachen Häftling innerhalb eines Jahres zu einem der Bosse des Solowezki-Gulags, zum Erbauer des Stalin-Kanals, zum Vater der Baikal-Amur-Magistrale? Das hat man mich, nachdem mein Frenkel-Buch *Eine sibirische Karriere* im Herbst 2010 endlich erschienen war, bei Interviews immer zuerst gefragt, obwohl ich ja genau darüber ein ganzes und, wie ich fand, besonders gelungenes Kapitel geschrieben hatte. »Frenkel hat die Lektionen, die er bei Mischka Japontschik gelernt hatte, nicht vergessen«, antwortete ich jedes Mal ernst und geduldig. »Kaum war er im Lager angekommen, dachte er fünf Schritte im Voraus, und darum schrieb er sofort einen langen Beschwerdebrief an den ›Hochverehrten Genossen Stalin‹, in dem er die Lagerleitung für ihre Unfähigkeit und ihre ökonomische Kurzsichtigkeit kritisierte. Es war ein riskantes Spiel, ja, aber er hat es gewonnen. Stalin bekam den Brief – eigentlich unvorstellbar, nicht wahr? –, er ließ Frenkel in den Kreml bringen und hörte sich bei Tee und englischen Zitronenkeksen in Ruhe seine Kritik und seine Verbesserungsvorschläge an. Dann dachte er lange nach, schließlich nickte er zufrieden und machte Simsalabim, und ein paar Wochen später war Frenkel wieder fast so mächtig wie früher in Odessa.«

Dass *Eine sibirische Karriere* so erfolgreich wurde – acht oder neun Wochen lang Spiegel-Bestsellerliste, zweimal NDR-Sachbuch des Monats, lange Naftali-Frenkel-

Nacht beim Deutschlandfunk Kultur usw. –, hatte aber weniger mit dieser fantastischen, romanhaften Wendung in Frenkels Leben zu tun. Mir war es nämlich – ohne dass ich es am Anfang vorgehabt hätte, I swear! – bei der Arbeit am Buch zufällig gelungen, so etwas wie den fehlenden Puzzlestein in der Geschichte des 20. Jahrhunderts zu finden, also den endgültigen Beweis dafür, dass die schrille Weltbürgerkriegsthese des leider schon wieder halb vergessenen Ernst Nolte stimmte – dass also sein halbes Werk mehr war als nur die Halluzination eines alt gewordenen Nazijungen, der wegen einer verkrüppelten Hand nicht zusammen mit seinen Klassenkameraden für den Führer ins feindliche Feuer gehen durfte und diesen Verrat als erwachsener Mann wieder gutmachen wollte. War Hitler, wie der arme Ernst N. am Anfang vom Ende seiner seriösen akademischen Laufbahn meinte, vielleicht wirklich nur die Antwort auf Stalin gewesen? Hatten die Nationalsozialisten tatsächlich allein aus taktischen Gründen die exterminatorische Sprache und Praxis der Bolschewiken übernommen? Und hatten sie gar keine andere Wahl gehabt bei der Verteidigung des Westens, dessen Ostteil nach dem verlorenen Krieg eine Zeitlang auch zu meinem persönlichen Nachteil dem Westteil Asiens zugeschlagen wurde?

Die Schlüsselfigur, auf die ich immer häufiger stieß, wenn ich versuchte, mir selbst diese Fragen zu beantworten, war good old Naftali Frenkel. Und als mir genau das beim Recherchieren und später beim Schreiben seiner Biografie immer klarer wurde, zögerte ich, der illegitime, aber gelehrige Schüler des fanatischen Wahrheitsfreundes

Hans Ulrich Barsilay, keine Sekunde und machte aufgeregt weiter. Was ich herausgefunden hatte, war so naheliegend wie offensichtlich und garantiert deshalb von Generationen von Historikern übersehen worden: Frenkel, der ehemalige Bandenchef, Gettokönig und Großunternehmer, war tatsächlich – und nicht bloß aus Berechnung – so entsetzt über die selbstzerstörerische Unwirtschaftlichkeit des Solowezki-Komplexes gewesen, dass er dem obersten CEO der UdSSR bei ihrem gemütlichen Fünfuhrtee in dessen fußballfeldgroßem Arbeitszimmer ein paar ganz einfache Sachen vorschlug. Er sagte zu ihm – Kreml-Protokoll vom frühen Abend des 14. August 1924 –, dass es im Prinzip nur solche Häftlinge gab, die noch arbeiten konnten, und solche, die dafür zu schwach waren und ohnehin bald sterben würden. Er schlug ihm vor – auch das hatte Stalins Sekretär genau notiert –, dass man den Gesunden 800 Gramm Brot und 80 Gramm Fleisch am Tag geben sollte und den anderen fast gar nichts, damit sie so schnell wie möglich aufhörten, die Baracken und Bilanzen des Gulags zu verstopfen. Er erklärte also dem obersten Kommunisten und größten Paranoiker seiner Zeit, wie er Millionen und Zigmillionen seiner echten und eingebildeten Gegner loswerden konnte, und dieses geniale Essen-für-Arbeit-System, das sich auch Mischka Japontschik oder dessen Cheder-Lehrer hätten ausdenken können, war nichts anderes als eine besonders billige und bis dahin nie gesehene Form der Menschenvernichtung.

Genau das erkannte Stalin natürlich sofort – und so begann in diesem Moment Frenkels märchenhafte Karriere als erster industrieller Massenmörder der Neuzeit, als unermüdlicher Antreiber der großen Gulag-Maschine, die er später, beim Bau des Weißmeer-Ostsee-Kanals und der neuen sibirischen Eisenbahnlinien, immer besser zu ölen wusste. Dass er praktisch als einziger aus der Reihe von Stalins ersten Mitkämpfern alle Säuberungen über-lebte, war der beste Beweis dafür, dass der »Hochverehrte Genosse Stalin« ihm bis zum Schluss eine Schlüssel-rolle in Noltes angeblich erfundenem Weltbürgerkrieg zuwies. »Ohne Naftali Aronowitsch Frenkels talmudisti-schen Erfindungsreichtum und unternehmerisches Genie hätte es nie Auschwitz gegeben«, bemerkte ich dazu im Solowezki-Kapitel meines hochgelobten Frenkel-Buchs, und um diesen gefährlichen Satz zu verstecken, fügte ich hinzu: »Was natürlich nicht heißt, dass Hitler und die Sei-nen ohne Frenkel nicht ihre eigenen Ideen zur Renatio-nalisierung Deutschlands entwickelt hätten, man denke nur an den Karolus-Gobi-Plan und Ähnliches.«

Das interessierte aber niemanden, keinen Kritiker, kei-nen Leser. Alle redeten und schrieben nur über das feh-lende Puzzleteil, das ich gefunden hatte, ich, der Querein-steiger, der Amateurhistoriker, der Wunderknabe ohne Abschluss und – strange enough – auch ohne die Angst, gegen irgendwelche überkommenen Regeln zu verstoßen.

10

Als *Eine sibirische Karriere* erschien, gab es für mich einen kleinen Empfang in Sacrow, in der Villa der Verlegerin – also genau dort, wo früher, als das riesige Haus noch Reichskanzleichef Bormann gehörte, Stalins rechtmäßige Gegenspieler oft ein- und ausgegangen waren. Hinter welcher geschlossenen Tür saßen sie gerade, fragte ich mich, als ich reinkam, und schmiedeten ihre tödlichen Pläne? Und wann würden sie endlich unsere Gegenwart verlassen? Dann hängte ich schnell meine alte, inzwischen mehrmals ausgebesserte und gewaschene M 65 an die volle Garderobe, ich betrachtete etwas zu lang und zu erschrocken die beiden hohen Stapel mit meinen Büchern, die direkt am Eingang auf einem bunten, verrückten italienischen Beistelltisch lagen, und gleichzeitig dachte ich darüber nach, ob ich nicht sofort wieder von hier verschwinden sollte. »Oh nein, hiergeblieben«, sagte die Verlegerin, die auf einmal neben mir stand und sich wie eine alte Bekannte bei mir unterhakte. »Wie Sie sehen, mein Lieber«, fügte sie lachend hinzu, »kann ich Gedanken lesen …«

Die gewaltigen, turnhallenhohen Fenster und Türen zum See waren alle offen, als ich später kurz aus meinem Buch las – das Eisenbahnkapitel, in dem ich minutiös Frenkels feudal eingerichteten Waggon beschrieb, mit dem er jahrzehntelang die riesige Sowjetunion bereiste –, und dabei war der kleine, unruhige Sacrower See hinter den schattenhaft dunklen Köpfen des Publikums nicht so grau, nicht so schwarz wie an dem Tag, als ich das erste Mal hier gewesen war, um den Frenkel-Vertrag zu unterschreiben. Er flimmerte gelb und orange in der tief liegenden, warmen Septembersonne, und jedes Mal, wenn man von draußen das laute Schreien einer Möwe hörte und ich beunruhigt von meinem Buch aufblickte, sah mich die Verlegerin von ihrem großen, knallgelben Sessel in der ersten Reihe lächelnd an, und dann las ich erleichtert weiter.

Als ich fertig war, gab es einen kurzen, kräftigen Applaus, der wahrscheinlich noch etwas länger gedauert hätte, wäre nicht die Verlegerin – auch an diesem Tag in einem von ihren langen Vestalinnenkleidern, ganz ohne Schmuck und tatsächlich barfuß – gleich zu mir auf die kleine Bühne gekommen, um sich mit mir noch ein wenig über das Buch zu unterhalten. Es wurde ein schönes, aufwühlendes und auch für mich selbst interessantes Gespräch.

Zuerst fragte sie mich, ob ich beim Schreiben mit so vielen positiven, zustimmenden Reaktionen gerechnet hätte.

»Nein, wirklich nicht«, antwortete ich ernst. »Hätte ich das gewusst, wäre ich vor Nervosität halb gestorben und hätte, statt zu arbeiten, mindestens drei Monate wie gelähmt in meinem Bett verbracht und auf meinem Computer amerikanische Serien geguckt. Oder etwas noch viel Schlimmeres.« Worauf natürlich alle, die in einem großen Halbkreis auf kleinen, schwarzen Klappplastikstühlen um uns herum saßen, freundschaftlich und eingeweiht lachten.

Und als sie wissen wollte, wie ich überhaupt auf die Idee gekommen war, über Frenkel zu schreiben, den ja bis dahin nur ein paar kritische russische Historiker und Memorial-Aktivisten gekannt hätten, sagte ich ehrlich und kalt: »Ich verdanke den Hinweis auf diese große Figur des 20. Jahrhunderts keinem anderen als Hans Ulrich Barsilay und seiner schönen, kurzen Stalin-goes-West-Novelle. Und weil ich alle biografischen und historischen Fakten noch mal selbst nachgeprüft habe – auch in alten NKWD- und KGB-Archiven –, kann ich sagen, dass in diesem Fall wirklich alles stimmte, was Hans Ulrich Barsilay schon vor mir in der Sache Frenkel herausgefunden hatte.« Wieder lachte das Publikum, diesmal leiser als vorhin, dafür aber sehr böse, und jemand sagte laut: »Na, hoffentlich!« Also ergänzte ich sicherheitshalber: »Alle Dokumente habe ich übrigens im Original gelesen. Acht Jahre Russisch an der Leipziger Friedrich-Schiller-Schule waren, trotz anderslautenden Gerüchten, keine Verschwendung!« Diesmal lachte niemand.

Zum Schluss fragte mich die Verlegerin mit ihrer tiefen, wie immer etwas zu leisen Hildegard-Knef-Stimme, wie schwer es mir gefallen sei, mich jahrelang mit einem so komplizierten, brisanten Thema zu beschäftigen.

»Sehr schwer«, sagte ich sofort. »Zum Glück leben wir aber in einer Zeit, in der solche Bücher nicht nur geschrieben werden können, sondern auch erscheinen dürfen.«

Und während die Journalisten, Verlagsangestellten und Buchhändler, die uns bislang so aufmerksam und beinah ehrfürchtig zugehört hatten, leise »Hm-hm« und »Ja, genau« murmelten, dachte ich mal wieder an die grausamen Wochen und Monate nach dem Trois-Minutes-Debakel, das mir noch immer wie meine ganz persönliche Naturkatastrophe vorkam. Ich dachte daran, wie ich hinterher jeden Morgen zitternd den Briefkasten aufgemacht hatte, voller Angst, dort wegen meines idiotischen Hitler-Balletts vor Barsilays Tisch eine Annullierung des Buchvertrags zu finden, und dass ich wochenlang keine E-Mails gelesen hatte und fast nie ans Telefon gegangen war, hatte ich auch nicht vergessen. Aber irgendwann hatte ich genug von meiner Panik gehabt. Irgendwann hatte ich keine Lust mehr, mich jeden Abend so zu fühlen, als wäre ich tagsüber mindestens dreimal Marathon gelaufen, und ich erinnerte mich plötzlich an Papas Worte, damals, im Rosental, als er mir riet, nicht so dumm und feige zu sein wie das Kamel, das an uns vorbeirannte, und mich niemals und von niemandem von zuhause vertreiben zu lassen. Und dann setzte ich mich endlich hin und schrieb, statt des ersten Frenkel-Kapitels, in einer einzigen Nacht einen langen, nüchternen Artikel über den großen Barsilay und seine erfundene Auschwitz-Reportage, über die »bewusstseinserweiternde« Lähmung, die ihn angeblich in einer deutschen Gaskammer, of all places!, übermannt habe, über sein ganzes verlogenes Wahrheits- und Deutschenbeschimpfungstheater. Den Text nannte ich »Der Barsilay-Dreh« und mailte ihn an die Zeit, die ihn zu meiner eigenen Überraschung drei oder vier Wochen später sogar druckte, auf einer ganzen Seite, mein erster großer Feuilleton-Auftritt. Als mir das alles – und noch sehr viel mehr seltsames, kaputtes, emotionales Zeug aus diesen seltsamen Wochen und Tagen – plötzlich wieder in Martin Bormanns ehemaliger Villa einfiel, murmelte ich wie alle anderen hier drin »Hm-hm«, »Ja, genau« und – etwas lauter – »*Sie* waren auch keine Helden«. Dann stand ich auf und klappte das Buch zu, das ich noch immer geöffnet in den Händen hielt, und der Applaus, den ich bekam, war viel länger als vorher.

Bis auf Zanussi und Lola, die ich gar nicht selbst eingeladen hatte, kannte ich an diesem Abend in Sacrow übrigens niemanden. Das war mir aber ziemlich egal, weil ich am liebsten ohnehin immer allein war und kaum eigene Bekannte hatte. Freundschaften, das fand ich schon lange, waren nur etwas für Frauen und Verlierer. Natürlich hatte ich mir heimlich gewünscht, dass plötzlich Valeria vor mir auftauchte, die starke, unglückliche, ewig strahlende Valeria, um mir zu meinem Erfolg zu gratulieren und mich zu fragen, wann wir uns endlich mal wieder sehen könnten. Aber so naiv war nicht einmal ich, zu glauben, dass das jemals passieren würde, dafür war unser letztes Treffen einfach nicht perfekt genug gewesen. Ich stand die meiste Zeit neben der Verlegerin und gab den vielen Fremden, die sie mir ständig vorstellte, freundlich und verlegen die Hand, wobei ich mich fragte, warum jeder zweite von ihnen einen so kräftigen Händedruck hatte und ob ich mir das jetzt bald auch antrainieren müsse. Fast alle hatten sie etwas Schwarzes oder Dunkles an, allerdings nichts, was teuer oder besonders elegant aussah – schwarzes Kleid, schwarze Strickjacke, schwarze

Jeans mit einem grauen, meist viel zu weiten Jackett. Es war ein bisschen wie bei einer Theaterpremiere im BE oder im DT, und darum fühlte ich mich hier in meiner ausgewaschenen blauen Levi's und dem beigen Rollkragenpullover nicht sehr wohl. Wenn einer von ihnen mit mir über das Buch reden wollte, drehte ich mich schnell weg und tat so, als müsste ich auf die Toilette. Oder ich sagte, während ich mit einem kurzen, umherschweifenden Blick den spärlich dekorierten und in einem altmodischen, kneipenhaften Ockergelb gestrichenen Salon der Verlegerin scannte, gespielt neugierig: »Wissen Sie zufällig, warum hier so viele siebenarmige Leuchter stehen und überall an den Wänden diese modernen Kruzifixe aus Stacheldraht und Anselm-Kiefer-Blei hängen?« Das wusste natürlich keiner, obwohl sich das vermutlich viele der Gäste fragten, und als ich später allein auf dem riesigen roten Ponti-Sofa in der Mitte dieses bahnhofgroßen Raums saß und in einem Varese-Bildband blätterte, setzte sich plötzlich die Verlegerin neben mich und sagte: »Wir müssen immer für alles offen sein, Erck. Verstehen Sie? Das haben Sie selbst mit Ihrer Arbeit gerade gezeigt. Ich darf doch ›Erck‹ sagen?«

Valeria war, wie gesagt, an diesem Abend natürlich nicht da – warum auch? –, aber Barsilay auch nicht. Seit mein Artikel über ihn und seine kleine Auschwitzlüge in der Zeit erschienen war, war er wie vom Erdboden verschluckt, wie ausgelöscht. Man erzählte sich, er sei nach Israel oder nach New York ausgewandert, wo er angeblich in der Immobilienfirma eines alten Jugendfreundes arbeitete, später hielt sich jahrelang das Gerücht, dass er, in T-Shirt und kurzer Hose, am Strand von Venice Beach Eis und Limonade verkaufte, aber das war sicher Unsinn. Jedenfalls sah ich ihn nicht mehr im Café Einstein oder in der Friedrichstraße, und es war schon lange kein Essay und kein Buch mehr von ihm erschienen, was bestimmt auch damit zu tun hatte, dass kurz nach meiner Enthüllung die Verlegerin in einer Pressemitteilung erklärt hatte, sie werde erst einmal die Zusammenarbeit mit ihm ruhen lassen und ihre Lektoren bitten, Barsilays bisherige Bücher auf ihre Faktentreue und historische Genauigkeit zu überprüfen.

Natürlich hatte Barsilay vor seinem Verschwinden noch kurz versucht, die Sache mit einer Entschuldigung in Ordnung zu bringen. In einem Interview mit der Literarischen Welt behauptete er, dass *Meine Leute* ein Memoir sei, also keine Autobiografie im klassischen Sinn, eher der Roman seines Lebens und seiner Gedanken, und es sei merkwürdig, dass man den Unterschied manchen Leuten wirklich erklären müsse. Darum habe er sich dafür entschieden, zentrale Szenen wie die berühmte Paralyse-Attacke in Birkenau literarisch »zu pimpen«, um so der Wahrheit noch näher zu kommen, als es ihm mit einem sachlichen Erfahrungsbericht jemals gelungen wäre. »Trotzdem tut es mir natürlich sehr leid«, sagte er, »dass ich so viele Menschen verletzt und enttäuscht habe. Aber wenn jemand von Ihnen das nächste Mal einem Freund erzählt, wie er im Urlaub ausgeraubt oder von seiner Frau betrogen wurde, will ich sehen, ob er dann auch ohne jede Übertreibung und Fiktionalisierung auskommt.« Da war er also mal wieder, der klassische Barsilay-Dreh, für den er in diesem Fall aber nur noch mehr Kritik und Gelächter kassiert hatte.

Trotz meines Sieges über Barsilay war meine Angst vor ihm und seiner möglichen Rache natürlich immer noch da, mal stärker, mal schwächer, aber nie ganz weg – denn so war es immer, wenn etwas in mir spukte, und es spukte sehr oft etwas, das verfluchte Erbe von Papa und Opa Julius natürlich. Warum, fragte ich mich nach all den Jahren – und ich frage mich das bis heute –, hatte Barsilay eigentlich nie versucht, mich zur Rede zu stellen? Warum hat er mir nicht irgendwann am Teutoburger Platz aufgelauert und mich ein paarmal kräftig geohrfeigt? Warum hat er nicht wenigstens nach meiner cleveren Zeit-Attacke versucht, mir zu schaden, und allen davon erzählt, wie ich selbst, sein größter Kritiker, mitten in einem bekannten Berliner Prominenten-Restaurant wie ein abgedrehter Nazi-Exhibitionist öffentlich gegen die Gesetze des großen Holocaustkults verstoßen hatte?

Vermutlich, dachte ich plötzlich, immer noch ganz tief und hilflos in den blutroten Polstern des riesigen Ponti-Sofas versunken, während die völlig ahnungslose Verlegerin neben mir ungeduldig darauf wartete, dass ich ihr endlich erlaubte, mich Erck zu nennen – vermutlich würde Barsilay genau das früher oder später sowieso noch tun. Ja, vielleicht saß er bereits irgendwo in Tel Aviv oder auf der Upper Westside und schrieb an einer Geschichte oder einem ganzen Roman über mich – Titel: *Der Hitlergruß* –, gegen den ich schon deshalb niemals prozessieren dürfte, weil ich genau dadurch beweisen würde, dass es darin um mich selbst ging und um keinen anderen. Vielleicht war er aber auch immer noch in Berlin, verzweifelt, traurig und wütend, und wartete nur auf eine besonders gute Gelegenheit, um mich mit der schrecklichen Trois-Minutes-Geschichte vor allen Leuten bloßzustellen, zum Beispiel an einem Abend wie diesem, dem Abend meiner großartigen, langerwarteten Buchpremiere in dieser herrlichen, alten, unheimlichen Nazivilla.

Ja, genau, wahrscheinlich würde er jetzt gleich – ein später, unerwarteter Gast – an der Tür der Verlegerin klingeln. Er würde, ohne seinen Mantel auszuziehen, ins Wohnzimmer stürmen, er würde sich auf die kleine Bühne, auf der ich eben noch selbst gesessen hatte, stellen, er würde wie in Zeitlupe die halblangen, schwarzen, lockigen Playboy-Haare zurückwerfen und kurz aus seinen blauen Besserwisser-Augen die erstaunten Leute im Publikum anblinzeln. Und dann würde er langsam das Mikrofon nehmen und einschalten und laut erzählen, wie es war, als ich, der ewige böse Deutsche, vor ihm, Zanussi, Lola und Leo Meinl den rechten Arm in die Luft gereckt hatte.

Oh mein Gott, dachte ich, ich darf nicht mehr hier sein, wenn das passiert! Nein, das kann und darf er mir nicht antun! Ich sprang panisch vom großen roten Sofa der Verlegerin auf, ich murmelte, dass ich sofort gehen müsse – »Die letzte S-Bahn, bitte, verzeihen Sie!« –, und als ich kurz darauf vor der Garderobe in der großen, schummrigen Eingangshalle Zanussi und Lola traf, denen ich den ganzen Abend lang mit Erfolg ausgewichen war, versuchte ich natürlich auch wieder, so schnell wie möglich an ihnen vorbeizukommen. Ich kam aber leider nicht weit.

»Herzlichen Glückwunsch, Erck«, sagte der Riese Zanussi laut und lärmend von oben zu mir und packte mich mit seinen großen, schweren Händen am Arm. »Ehrlich gesagt, hätte ich das nie von dir gedacht, du komisches Leipziger Irrlicht! Wirklich, sehr interessant das Ganze.« Dann lachte er wie ein Kannibale, bevor er seiner noch lebenden Mahlzeit den ersten Finger abbeißt.

Ich sah zu ihm hoch und starrte stumm in seine kreisrunden, grauen Augen, die hinter seiner ewigen goldenen DJ-Brille immer ein bisschen wie abgeblendete Autoscheinwerfer aussahen, aber vielleicht waren es auch irgendwelche besonders raffinierte Röntgenlampen eines inzwischen weltberühmten Malers, mit denen er einem ins Gehirn gucken konnte, das wusste man nicht so genau. Was meinte er mit »Leipziger Irrlicht«? Was wusste er über mich? Worauf spielte er an? Auf mein schreckliches Nazi-Verbrechen? Auf unsere gespenstische Begegnung kurz davor in den Waschräumen des Trois Minutes, als ich dafür noch quasi geübt hatte? Und würde er, wenn Barsilay jetzt gleich hier auftauchte, zu ihm auf die Bühne klettern und sich freiwillig als sein Zeuge und mein Denunziant anbieten?

»Danke, Franz«, sagte ich leise, »aber ich muss jetzt leider gehen. Wir sehen uns bestimmt bald wieder. Ist das in Ordnung?«

»Du siehst müde aus, kleiner Erck.«

»Ja – das bin ich auch.«

»Wir sollten uns mal wieder treffen und ein bisschen über früher reden. Wie fändest du das?«

»Über früher?«, sagte ich erschrocken. »Was meinst du damit?«

»Über die Pinguin-Milchbar. Über den Fürsten Kropotkin. Über die riesige NVA-Jacke mit dem selbstgestickten Dpeche-Modo-Logo, die du früher immer anhattest. Und über meine engen Glitzer-T-Shirts.«

»Ach so …«

»Über die Zeit, als eure Zukunft noch nicht eure Vergangenheit war«, sagte plötzlich Lola, die einen halben Schritt hinter Zanussi stand, und dabei dehnte sie ihre Worte so bedrohlich und genüsslich in die Länge wie jemand, der gerade einen Bogen mit einem giftigen Pfeil aufspannt. Gleichzeitig schürzte sie ihre diesmal matt orange geschminkten Lippen und lachte laut.

»Du Biest«, sagte Zanussi zu ihr. »Wann bist du eigentlich das nächste Mal wieder mit deinen Weibern bei Comandante Carlos in Paris? Und wann postest du endlich auf Facebook ein Foto von ihm und dir auf seiner schmalen Pritsche? Für einen Orgonakkumulator ist in seiner Einzelzelle kein Platz mehr gewesen, oder?«

»Den braucht er gar nicht, ma chère«, sagte sie und lachte noch lauter.

»Also gut«, sagte ich. »Bis dann … bis zum nächsten Mal.«

»Wirklich schade, dass du schon gehst«, sagte Lola zu mir. »Wir hätten so gern mit dir« – sie machte eine gefährliche, bedeutungsvolle Pause – »noch viel mehr über dein Buch geredet!«

»Ja, wirklich, sehr schade«, wiederholte ich, immer noch unsicher, worum es hier eigentlich die ganze Zeit ging. Und dann entwand ich mich endlich Zanussis schmerzhaftem Griff und lief schnell weiter, an ihnen vorbei, raus, in die Nacht, durch die hohe, schwere, kirchenartige Haustür aus dunklem Holz, danach über die lange, hell beleuchtete Steintreppe hinunter zur Kladower Straße – und von dort immer weiter zu Fuß, allein, weinend und schluchzend, durch die ländlich schwarze Dunkelheit ohne Richtung und Ziel.

11

Am 1. Mai 1988 regnete es schon seit dem frühen Morgen. Arafat und ich hatten Gummistiefel und Regenja-
cken an, und um seinen Hals baumelte die kleine Nikon,
die er sich gerade erst in Westberlin gekauft hatte. Wir
frühstückten in der Straßenbahn – er hatte für uns am
Abend vorher Käsebrote gemacht und für jeden eine
Flasche Club-Cola gekauft –, und während wir schnell
aßen und tranken, lachte er mich wie immer gut gelaunt
an und sagte, dass er heute bestimmt viele gute Bilder machen würde, weil graues – tiefgraues! – Leipziger Regenlicht fürs Fotografieren das Beste sei. Er hatte
die Kanten seines dünnen, pechschwarzen Barts an den
Wangen und am Hals scharf rasiert, was die dunkle Haut
oben und unten viel heller und strahlender erscheinen
ließ, als sie es eigentlich war, und in seinen schwarz-brau-
nen Augen war zwar noch ein bisschen Schlaf von der
Nacht, aber er wirkte trotzdem überhaupt nicht müde.
»Sollen wir heute etwas Verrücktes tun?«, sagte er zu mir
leise in seinem weichen, erstaunlich gewählten Auslän-
derdeutsch. »Sollen wir ihnen später vielleicht eine von
den Fahnen klauen?«

Wir waren in Grünau losgefahren, wo Arafats Studen-
tenwohnheim lag. Dort teilte er sich ein Zimmer mit
einem anderen Palästinenser, der eine Freundin in Wei-
mar hatte, und immer, wenn er nicht da war – so wie in

dieser Nacht –, durfte ich bei Arafat schlafen und mit ihm bis zum frühen Morgen seine Reggae- und Oum-Khoultum-Platten hören, seine Marlboros rauchen und das viel zu süße Baklava essen, das ihm seine Mutter regelmäßig aus Beirut schickte. Über Arafats Bett hing ein großes, schwarz-weißes Bob-Marley-Poster, das ich mir jedes Mal, wenn ich ihn besuchte, sehr lange und sehr genau anschaute. Ich mochte es, weil der Bob Marley darauf mit seinen halb geschlossenen Augen und einem völlig weggetretenen Lächeln so aussah, als hätte er gerade Gras geraucht, was ich, der kleine Erck, selbst noch nie ausprobiert hatte und auch nie ausprobieren würde – dafür war ich zu sehr der Sohn meines übervorsichtigen Vaters. Trotzdem gefiel es mir, jemanden zu sehen, der machte, was er wollte, ohne dass ihn jemand dafür kritisieren oder bestrafen würde.

Arafat machte auch, was er wollte. Vor allem natürlich, weil er acht oder neun Jahre älter war als ich – also schon ein richtiger Erwachsener, wie ich damals fand. Außerdem konnte er, wann immer er Lust hatte, als ausländischer Student nach drüben fahren, er hatte genug Westgeld, um sich dort alle Platten und Kleider zu kaufen, die er haben wollte. Einmal war er sogar für zehn Tage über Westberlin in den Urlaub nach Griechenland geflogen, und das Kreta-Plakat, das er von seiner amerikanischen Strandfreundin zum Abschied geschenkt bekommen hatte, hing bis zum Schluss über seinem kleinen, zerkratzten Studentenschreibtisch neben dem Fenster. Trotzdem war es für Arafat immer ganz klar gewesen, dass er bei uns studieren würde und nirgendwo sonst, in einem Staat, der, wie er sagte, mit Faschismus und Rassismus wirklich Schluss gemacht hatte, und ich war mir zwar sicher, dass das auch irgendwie mit dem Tod seiner kleinen Schwester Rania zusammenhing, aber das habe ich ihn natürlich nie so direkt gefragt. Nach Leipzig kam er ungefähr ein Jahr, nachdem es passiert war. Damals gab es für junge Künstler, die in Sabra und Schatila das Massaker überlebt hatten, Stipendien für ein Studium an der HGB, und Arafat hatte sich mit ein paar Bildern aus dem Lager für die Fotografie-Klasse beworben, die er mit einer billigen chinesischen Plastikkamera gemacht hatte. »Ich wusste sofort«, sagte er zu meinem Vater, bei dem er seine vier Pflichtsemester in Marxismus-Leninismus machen musste und der ihn am Anfang ein paarmal zu uns nach Hause mitgebracht hatte, »dass sie mich aufnehmen würden. Verwandte Seelen lehnt man nicht ab!« Mein Vater nickte und sagte: »Ja, natürlich, du hast vollkommen recht, Genosse al-Zaidin.« Und dann bat er ihn, sich um mich, den »kleinen Punker und Banditen«, zu kümmern, damit ich von ihm lernte, wie ernst das Leben manchmal sein konnte.

Als Arafat und ich bei der Karl-Marx-Universität aus der Straßenbahn ausstiegen, sahen wir vor dem Handelshaus ein paar viel zu groß gewachsene, noch schrecklich kindliche Sechzehn- und Siebzehnjährige in Stiefeln und Bomberjacken, die Bier tranken und zu den Melodien berühmter Arbeiterlieder irgendwelches betrunkenes Nazizeug improvisierten. Ohne sie zu beachten, gingen wir an ihnen vorbei zum alten Rathaus, wo in der Ritterstraße von der Laderampe eines LKWs aus ein paar besonders brav und gläubig aussehende FDJler die Fahnen für den Mai-Umzug verteilten. Sie hatten DDR-Fahnen und rote Fahnen, und daneben stand eine alte Frau mit einem Parteiabzeichen im Revers ihres großen, schweren Trümmerfrauen-Mantels, die für 50 Pfennig rote Plastiknelken verkaufte.

»Und, Habibi«, sagte Arafat, »soll ich dir auch so ein Blümchen schenken?«

Ich wusste nicht, ob das ein Witz war oder nicht, ich fand die Frage sogar ein bisschen merkwürdig, ohne zu wissen, warum. Aber dann drückte er mir auch schon einen ganzen Nelkenstrauß in die Hand und sagte: »Ich trage die Fahne – für dich ist sie noch viel zu schwer. Wir nehmen natürlich die Fahne der DDR! Moment …« Er klappte das Lederetui seiner Kamera auf, richtete sie schnell auf mich, kniff ein Auge zu, guckte mit dem anderen durch den Sucher und sagte: »Du musst lächeln – yallah! Schau nicht so grimmig wie die anderen Leute hier! Du weißt doch, warum wir hier sind: Das ist ein sehr großer, sehr besonderer Tag für mich!« Er drückte drei-, viermal auf den Auslöser, senkte die Kamera, klappte das Etui wieder vorsichtig zu, und bevor er sich in der Schlange anstellte, die vor dem Fahnen-LKW stand, kniff er mir lachend in beide Wangen und sagte: »Manchmal ist eben auch die Praxis grau, mein ostdeutscher Freund, nicht nur die Theorie. Denk an Saids Worte!« Und dann sagte er: »Wenigstens regnet es nicht mehr …«

Meistens redete Arafat mit mir wie mit einem Erwachsenen. Er tat nie so, als wäre er klüger, er wusste einfach nur, dass er schon mehr erlebt und gelesen hatte als ich, und vielleicht sprach er deshalb mit mir so viel über seine Lieblingsbücher und Lieblingsfilme, damit er mir nichts über die schrecklichen drei Tage im September 1982 erzählen musste, als seine halbe Familie ermordet wurde, auch seine kleine Lieblingsschwester. Darum wusste ich, dass er Truffaut besser fand als Godard – »Der eine macht Filme, der andere dreht doch nur pseudointellektuellen Mist!«, sagte er –, er verehrte Kontschalowski und Tarkowski, seine Lieblingsfotografen waren die sowjetischen Avantgardisten der zwanziger Jahre, besonders der verrückte Dziga Vertov, dessen berühmtes Foto mit dem übergroßen Auge im Kameraobjektiv für ihn das beste Bild war, das jemals gemacht wurde. Und er las natürlich sehr viel Camus und Sartre, aber auch Dostojewski, Balzac und Dschingis Aitmatov. Er kannte sich außerdem ziemlich gut mit Philosophie aus – einmal versuchte er vergeblich, mir einen Nachmittag lang die Einführung von Kants *Kritik der reinen Vernunft* zu erklären –, und er mochte Mill und Hobbes, gerade weil sie, die Glücksphilosophen, sich keine Illusionen über die wahre Natur der Menschen machten. Der ihm liebste und wichtigste Autor war aber Edward Said, who else!, der große amerikanische Literaturprofessor und zweitberühmteste Palästinenser der Zeit, dessen *Orientalismus*-Buch wir einmal sogar zusammen gelesen haben. Jedenfalls hatte ich versucht, es mit Arafat zu lesen. Aber dann war es mir, dem großen Kind, doch zu kompliziert – und vielleicht auch zu langweilig –, und als ich Arafat bat, mir kurz zu erzählen, was drinstand, sagte er: »Kein Problem, das mache ich gern. Es geht darum, dass manche Leute ihr Wissen dafür benutzen, um andere Leute zu beherrschen – und dass diese Leute mit ihrem eigenen Wissen nichts anfangen können, weil sie den Mächtigen glauben, dass die sowieso klüger und stärker sind als sie. Und dass das ein sehr großer Fehler ist! Das ist doch ganz einfach, oder?« Worauf ich grinste und nickte und leider kein bisschen klüger war.

Als Arafat und ich – ich hatte immer noch meinen lächerlichen Plastiknelkenstrauß in der Hand, er hatte die riesige, flatternde DDR-Fahne stolz gegen seine Schulter gelehnt – auf dem Rückweg von der Ritterstraße zum Ring wieder an den betrunkenen Nazis vorbeikamen, ging plötzlich alles ganz schnell. Zuerst fingen sie an, ihn als Ausländer, Kanaken, Kommunistenschwein, Araber, Kuffnucken und was auch immer zu beschimpfen. Danach schrien sie, er solle sofort die deutsche Fahne hergeben und nach Hause zu seinen Kameltreibern verschwinden. Kurz darauf standen sie auch schon vor uns und umringten uns wie knurrende, vor Hunger verrückt gewordene Wölfe. Sie tänzelten und taumelten vor uns herum, sie kamen immer näher und spuckten ihn an, und während ich langsam und vorsichtig ein paar Schritte zurücktrat, flüsterte er mir, lächelnd wie immer, zu: »Mach dir keine Sorgen, mir kann nichts passieren, Habibi. Das ist kein Land, in dem so was passiert …« Im nächsten Moment bekam er den ersten Schlag, dann noch einen, dann entriss ihm der kleinste und hübscheste von den Nazi-Schlaksen die Fahne, und während er mit der umgedrehten Fahnenstange auf ihn eindrosch, skandierten die anderen: »Schlag ihn tot! Schlag den Kaffer tot!« Arafat stolperte, fiel hin und lag jetzt, die Hände vor dem Gesicht verschränkt, vor ihnen auf dem kalten, nassen Boden. Es fing an, wieder zu regnen, und während die anderen Leute – genervte Rentner und Schüler, verwirrte Vietnamesen und verkrampfte Parteikader – mit ihren Flaggen und Nelken und Transparenten stumm an uns vorbeigingen und so taten, als würden sie nichts sehen, stellten sich die Nazis im Kreis um den seufzenden, wimmernden Arafat und begannen, eins von ihren schiefen, rauen Liedern zu singen.

Ich sah und hörte ihnen die ganze Zeit einfach nur stumm und weinend zu. Ich hatte keine Angst, wirklich nicht, zumindest nicht um mich selbst, ich dachte bloß verwirrt, wieso gibt es hier keine Polizei, wo sind die Leute von der Stasi – und dann rannte ich, obwohl ich es nicht wollte, weg, quer durch die ganze Innenstadt, vorbei an der riesigen, im Dauerregen glänzenden Blechbüchse des Konsument-Warenhauses am Brühl, die Jahnstraße hoch, zurück in unser schönes, stilles, halb verfallenes Waldstraßenviertel. Zuhause war aber leider nur meine kleine, bittere und wie immer viel zu blond gefärbte Mutter. Papa war noch in der Stadt, zusammen mit seinen Genossen vom Institut, mit denen er wahrscheinlich gerade winkend und lächelnd an der Ehrentribüne am Augustusplatz vorbeizog, und als Mama sah, dass ich geweint hatte und dass meine Turnschuhe vom Regen völlig nass waren, sagte sie nur: »Was ist passiert? Warum störst du mich? Du weißt doch, dass ich am Vormittag immer allein sein muss, damit ich in Ruhe schreiben kann. Hübsche Blumen hast du da! Hast du geweint, weil dir jemand gesagt hat, dass du mit ihnen nicht wie ein richtiger Mann aussiehst?« Dann drehte sie sich wieder um und ging zurück ins Schlafzimmer, wo der alte Dienstschreibtisch ihres in Polen hingerichteten, verhassten Vaters stand, der Tisch, an dem sie jahrelang ihre nie veröffentlichten Bücher über ihn schrieb.

Als Arafat drei Wochen später für immer die DDR verließ, schenkte er mir das Foto von Rania, das ich immer noch habe, und sein Exemplar von Saids Buch. »Wenn du größer bist«, sagte er zu mir, während wir uns am Bahnhof in Leipzig verabschiedeten, »musst du nur die Stellen lesen, die ich unterstrichen habe. Dann verstehst du alles.« Er kniff mir in die Wange und lachte – aber es war kein ehrliches, optimistisches Lachen wie früher. »Und dann weißt du auch, dass du nie so werden darfst wie diese Typen, wegen denen wir neulich den schönen Umzug zum 1. Mai verpasst haben.« Danach machte er ein allerletztes Foto von mir – »zur Erinnerung«, sagte er gequält –, er nahm langsam seine beiden kleinen, blaugrün karierten Stoffkoffer und stieg, genauso langsam und ohne sich umzudrehen, in den wartenden Zug ein. Seitdem habe ich ihn nie wiedergesehen, aber ich habe irgendwann sehr viel später in der Leipziger Volkszeitung gelesen, dass bei einem israelischen Vergeltungsangriff im Libanon der Hisbollah-Sender al-Manar getroffen und dabei auch der bekannte palästinensische Fotograf Arafat al-Zaidin getötet wurde, der in Leipzig studiert hatte.

Ungefähr ein Jahr nach Arafats überstürzter Abreise gründete ich mit ein paar anderen Schülern von der »Friedrich Schiller« die Junge Bibliothek. Das war in der

Zeit, als außer mir so ungefähr niemand damit gerechnet hat, dass die DDR sich in Nichts auflösen würde, und hatte natürlich auch sehr viel mit den Gesprächen zu tun, die ich mit Arafat geführt hatte. Die anderen Mitglieder waren alle ein oder zwei Jahre jünger als ich und nahmen mich wahrscheinlich deshalb eine Weile sehr ernst. Meine eigenen Klassenkameraden ignorierten mich meistens, oder sie machten sich darüber lustig, dass ich ständig las und in Deutsch immer der Beste war, und manchmal schaute einer von ihnen lange auf meine Hände und sagte: »Schwul oder Chirurg?« Weder, noch, dachte ich dann immer, traute mich aber nicht, zu antworten. Viele von den jüngeren Schülern dachten vermutlich genauso über mich, aber das sagten sie mir nie, und als ich – mit der Erlaubnis meines Deutschlehrers – mit einem selbstgemalten Plakat im Wandzeitungskasten zum ersten Treffen der Jungen Bibliothek einlud, meldeten sich sofort vier, fünf vergeistigte, völlig unsportliche Wesen bei mir, die noch schüchterner waren als ich. Wir wurden leider nie wirklich Freunde, aber es war eine interessante, wichtige Zeit, wenn man so will, interessanter und wichtiger als später die verlorenen elf Semester an der Humboldt-Universität. Wir durften uns immer im Musikraum treffen – manchmal kam auch mein Deutschlehrer vorbei –, jeder brachte etwas zum Essen und Trinken mit, und das erste Buch, das wir zusammen gelesen haben, war *Orientalismus* von Edward Said.

12

»Erck Dessauer, richtig?«, sagte der große Barsilay und goss sich aus einer von diesen kugelrunden französischen Karaffen, die wie Goldfischgläser aussahen und im Trois Minutes auf fast jedem Tisch standen, so viel Wasser ein, dass das Glas überfloss, aber auf eine so schöne, zeitlupenhafte Art, dass ich es am liebsten vom Tisch genommen und selbst in einem Zug leer getrunken hätte. »Erck Dessauer, das war doch der Name, oder? Was macht die Magisterarbeit? Wie war noch mal das Thema?«

Ich stand – keine Ahnung, wie ich von der dunklen, kalten Trois-Minutes-Toilette hierher gekommen war – zum zweiten Mal an diesem Abend vor dem langen, weißgedeckten Ecktisch neben der Tür, an dem Barsilay schon seit Stunden mit seinen Freunden saß, und rollte stumm mit den Augen. Wenigstens kam es mir so vor, als ob ich mit den Augen rollte, denn sie fühlten sich so schwer und schmerzhaft an, als würden sie mir gleich rausfallen. Dabei dachte ich an das allererste Treffen von Frenkel und Mischka Japontschik im Café Franconi, als sich der furchtlose Frenkel mit ein paar knappen Blicken und Sätzen gegen den König von Odessa durchgesetzt hatte, aber das half mir jetzt leider auch nicht, mich zu beruhigen.

»Ihr Thema, mein Freund«, wiederholte Barsilay freundlich. »Oder haben Sie es selbst schon wieder vergessen, Sie seltsamer Luftmensch?«

»*Spätbolschewismus als Identität und Nachteil*«, sagte ich. »Also, das war jedenfalls der Arbeitstitel.«

»Interessant.«

»Das ist aber fast schon zehn Jahre her.«

»Was? Wirklich?«

»Ja. Ich schreibe jetzt auch.«

Er nickte.

»Meistens fürs Klassikradio. Buchkritiken. Und Restaurant-Tipps. Obwohl ich von Restaurants nicht viel Ahnung habe …« Ich machte einen halben Schritt zurück, dann wieder einen ganzen Schritt nach vorn und sagte schnell: »Wir haben uns einmal gesehen, als das Klassikradio-Studio noch am Schiffbauerdamm war.«

Er nickte wieder.

»Und damals im Café Einstein haben Sie zu mir gesagt, dass ich meine Magisterarbeit vergessen soll. Ihre Begleiterin« – ich stockte – »sie hat fast dasselbe gesagt. Aber nur fast.«

»Im Ernst? Ich hoffe, Sie haben nicht auf uns gehört.« Ich dachte, er würde jetzt lachen, aber er blickte mich weiter sehr ernst und auch irgendwie verstohlen an, so wie vorhin ein paar Mal, als ich noch allein an der Bar gesessen und mir vorgestellt hatte, was er gegen mich und mein erstes Buch plante. »Man soll nie auf andere hören«, fuhr er fort. »Jeder redet am Ende doch immer nur über sich selbst, oder?«

Zanussi, Lola und Leo Meinl, die uns bis jetzt stumm zugehört hatten, kicherten, und dann sagte der kleine, hässliche Anwalt: »Du ganz bestimmt, Hans Ulrich. Du redest immer nur über dich selbst.«

114

»Das tut mir leid«, sagte Barsilay. »Ehrlich …«

»Das macht nichts«, sagte ich.

»Sie waren nicht gemeint«, sagte Leo Meinl streng zu mir, ohne mich anzusehen. Dabei fuhr er sich hektisch und abwesend zwei-, dreimal über seine kleine, glänzende Glatze, eine Geste, die ich von ihm kannte, weil er sie sonst immer machte, wenn er im Fernsehen nach einem verlorenen Prozess wütend das Gericht kritisierte und versprach, in die nächste Instanz zu gehen.

»Ach so … okay«, stotterte ich und drehte mich langsam um, und kaum hatte ich Barsilay und seiner Runde den Rücken zugewandt, redeten sie miteinander weiter, so als hätte es mich nie gegeben. Ich guckte – ratlos und traurig – zur Decke hoch, an der sich langsam ein viel zu kleiner, dreiarmiger schwarzer Ventilator drehte. Ich senkte den Kopf wieder und sah zur offenen Küche hinüber, in der sich gerade hinter einem riesigen Stahlherd ein kleiner dünner Koch und eine noch kleinere und dünnere Köchin verstohlen küssten. Dann blinzelte ich ein paar Mal unsicher in die grellen, quadratischen Deckenleuchten, die über der Bar hingen und genauso aussahen wie die Lampen in der Kantine des alten Kulturhauses »Alfred Frank« in der Gießerstraße, wo ich damals, nach meiner Jugendweihe-Party, praktisch als Einziger nicht mit einem Mädchen allein in einer dunklen Ecke gesessen hatte. Ich presste panisch beide Arme ganz fest gegen den Oberkörper, vor allem den rechten, ich spürte, wie mir plötzlich schwindlig wurde, wie ein großer warmer Wind durch meinen Kopf wehte – aber das dauerte nur zwei, drei Sekunden, und dann drehte ich mich ruckartig wieder um und sagte zu Barsilay, der mich offenbar die ganze Zeit von hinten angestarrt hatte: »Ich weiß genau, dass Sie vorhin mit Zanussi über mich geredet haben! Und ich weiß auch, was Sie gesagt haben. Aber wir Deutschen sind nicht alle gleich! Wir sind nicht alle Verbrecher – egal, was Sie denken und sagen.«

Barsilay hob langsam die linke Hand und streckte mir die offene Handfläche entgegen, so als könne er mich auf diese Art zum Verstummen bringen – aber ich redete trotzdem einfach weiter.

»Mein Großvater, zum Beispiel, ja?«, sagte ich, und jetzt erst merkte ich, dass ich von dem viel zu teuren, viel zu trockenen Trois-Minutes-Rotwein, mit dem ich vorhin an der Bar auf mich selbst und meinen ersten Buchvertrag angestoßen hatte, schon ziemlich betrunken war, »›der arme, arme Julius‹, wie wir ihn immer genannt haben, ja, genau … Der hat sein Leben lang geweint! Und wissen Sie warum? Weil er kein richtiger Arier war und darum ausgerechnet in der Scheiß-Wehrmacht untertauchen musste. Ja, so etwas gab es auch.«

Barsilay senkte die Hand, sagte aber nichts, und die anderen drei schwiegen auch und sahen mich so an, wie man einen Verrückten oder Obdachlosen anguckt, der in der U-Bahn oder auf der Straße laut schimpft und Dinge erzählt, die so intim sind, dass es einem für ihn peinlich ist.

»Wollen Sie ganz genau wissen, warum er immer nur geheult hat? Ja?! Wollen Sie das wissen?«, sagte ich und schwieg sofort wieder, verwirrt von meiner eigenen Frage. Ich ballte die rechte Faust und presste sie gegen das Kinn,

weil ich das oft so machte, wenn ich über etwas nachdachte, und meistens half es auch – nur jetzt nicht. Ja,
wieso weinte Opa Julius eigentlich immer? Was hatte er
damals so Schreckliches an der Front erlebt? Ich wusste
es nicht. Wir alle wussten es nicht, denn er hat es nie
jemandem verraten, auch nicht Papa, der ihn das so oft
gefragt hatte, das letzte Mal sogar noch an seinem letzten
Tag, in der Universitätsklinik, auf der Intensivstation, wo
der Großvater nach einem misslungenen Pharmatest mit
einem neuen Venenmedikament »Made in GDR« fast
ein halbes Jahr gelegen hatte, bewusstlos, reglos, wie vom
Leben vergessen.

Ich selbst war an diesem unglaublich heißen, drückenden, grellen Sommertag kurz nach der Wende auch
da gewesen, und ich habe es hinterher sehr bereut. Opa
Julius sah gar nicht mehr aus wie er selbst, er hatte einen
ganz kleinen Kopf bekommen, und seine Haut war wie
aus Wachs. Er erinnerte mich an die kleinen ägyptischen
Prinzen und Prinzessinnen, die ich bei einer Klassenreise
nach Ost-Berlin im Bode-Museum gesehen und minutenlang angewidert angestarrt hatte. Ja, genauso sah er aus,
auch schon mindestens dreitausend Jahre alt und genauso
lange tot, aber plötzlich – obwohl er nicht mehr sprechen
konnte – fing er wieder an zu weinen, die Tränen flossen
ihm über seine mumifizierten Wangen, als wären sie dieses
magische, geheime ägyptische Konservierungsharz, das in
der schrecklichen Sommerhitze schmolz. Irgendwann hob
er den Kopf, seufzte einmal leise, er ließ den Kopf wieder
so vorsichtig sinken, als wäre es gar nicht sein eigener, und
endlich war es vorbei.

»Ich sag' Ihnen, warum er ständig geweint hat«, sagte ich endlich und drückte weiter verzweifelt die Faust gegen das Kinn, denn ich wusste immer noch nicht, was ich Barsilay erzählen sollte. Aber dann – zum Glück – fiel mir plötzlich eine Stelle in einem Buch ein, aus dem ich damals in der Jungen Bibliothek Gohlis den anderen immer wieder vorgelesen hatte. »Februar 1942, lange Polarnächte, minus 20 Grad, Dauerfrost«, sagte ich jetzt langsam und leise und machte dabei unwillkürlich meine Stimme tiefer, amtlicher sozusagen. »›Der arme, arme Julius‹ liegt, versteckt in einem selbstgegrabenen Erdloch, mit seinem Zug vierzig Kilometer vor Leningrad. Eben erst haben die anderen und er einen Angriff der Roten Armee abgewehrt, aber ihre verrückten Generäle wollen, dass sie weitermachen, obwohl die meisten tot oder verwundet sind. Darum werden die Reste der 212. Infanterie-Division bei Krasny Bor wieder vorne reingestopft, wie man damals gesagt hat, und beim nächsten Angriff halten die eigenen Leute meinen Großvater für ihren Feind und jagen ihn mit einer Sprengladung fast in die Luft. Er überlebt, ja, aber danach denkt er ein Leben lang, dass er, der halbe Arier, leider auch nie zu den Deutschen dazugehören wird, denn sonst wäre das nie passiert, sonst hätten sie ihn nicht mit einem verdammten Russen verwechselt. Verstehen Sie überhaupt, wie es ist, gleich ein doppeltes Opfer zu sein und nicht zu wissen, wohin man gehört?«

Ich löste erleichtert und erschöpft die Faust, ich senkte langsam die Hand, den Arm, und in die kurze Stille hinein – man hörte nur leise eine englische Version von *Ne Me Quitte Pas* aus den Restaurantboxen – sagte Barsilay: »Hermann Lenz, *Neue Zeit,* eigentlich ein ganz guter Roman. Die Szene, die Sie uns erzählt haben, kommt, glaube ich, gleich am Anfang vor. Das wussten Sie aber, oder?«

Ich schwieg und atmete so laut und heftig wie ein Läufer nach einem Einhundertmeter-Sprint, dann fing ich wieder an, mit den Augen zu rollen. Gleichzeitig zuckte ich mit den Achseln und schüttelte scheinbar ahnungslos den Kopf. »Ein verrückter Zufall, mehr nicht«, flüsterte ich.

»Ich hab gehört«, sagte Barsilay, und plötzlich fiel mir auf, was für eine strenge, altmodisch tiefe, männliche Stimme er hatte, »dass Sie und Valeria vor einer Weile zusammen einen interessanten Nachmittag gehabt haben. Sie meinte aber auch, dass Sie ein ziemlicher Spinner sind.« Er drehte sich zu Leo Meinl, der ihn entsetzt von der Seite anguckte. »Guck mich nicht so an, Leo. Ja, Valeria und ich sehen uns noch manchmal. Na und? Kümmer du dich um den Prozess, Leo, der Rest ist zwischen Gott und mir. Und wenn ich will, Leo, schlafe ich sogar noch ab und zu mit ihr.«

Dann drehte er sich wieder zu mir und sagte – verdammtes Katz-und-Maus-Spiel! – unerwartet warm und väterlich: »Sie fand Sie trotzdem ganz süß, Erck Dessauer. Aber eben nicht süß genug. Sie meinte, Sie hätten zuerst zu wenig geredet und dann zu viel. Und Sie hätten so getan, als hätten Sie sie gar nicht erkannt. Und immer sei es um Sachen von früher gegangen. Es tut mir wirklich sehr leid für Sie, dass es nicht weitergegangen ist. Ehrlich.«

Ich ballte wieder die Faust, öffnete sie erneut, ließ aber den Arm unten.

»Wollen Sie eigentlich noch wissen, was ich vorhin zu Zanussi über Sie gesagt habe?«

»Nein«, sagte ich leise, »nein, bitte, nicht …«

Ich machte jetzt meine rechte Hand ganz flach und drückte alle fünf Finger so kräftig durch, dass es fast weh tat. Ich dachte wieder an Opa Julius, an Papa, an das Kamel im Park und fragte mich, ob es möglich war, ein Zuhause zu verlieren, obwohl man es niemals verlassen hatte. Ich dachte an die langweiligen HGB-Partys, ich hörte Dave Gahan *People Are People* und *Just Can't Get Enough* in meinem Kopf singen, ich dachte an Arafat und an Edward Said, ich erinnerte mich Wort für Wort an den Anfang meines Céline-Vortrags in unserem alten Musik-raum in der »Friedrich Schiller«, für den ich hinterher minutenlangen Applaus gekriegt hatte. Dann dachte ich an meine ersten und besten Berlinjahre, an die riesigen, dunkelgrünen, im Wind rauschenden Blätter der Bäume am Teutoburger Platz. Ich dachte an die wichtigste halbe Stunde meines Lebens, als sich endlich alles zum Guten wenden sollte, als Valeria mit mir – so als hätten wir das schon immer gemacht und als würden wir das noch ewig machen – an meinem alten, grauen Küchentisch gesessen, Tee getrunken und mir so viel Schönes, Trauriges, Wich-tiges von sich erzählt hatte und ich Idiot trotzdem durch einen einzigen falschen Satz alles kaputtgemacht hatte, worauf sie, so wie es gerade in den großen Liebesgeschich-ten sehr oft passiert, einfach aufgestanden und für immer weggegangen war. Und ich dachte natürlich auch an meinen tollen Buchvertrag, klar, ich dachte daran, dass ich so nah dran war wie noch nie, endlich etwas zu erreichen, und dass mir wie immer etwas im Weg stand, etwas, wofür ich nichts konnte, etwas Großes, Ewiges, Historisches. Und dann wollte ich mich umdrehen und weggehen und aus dem Trois Minutes rauslaufen, so wie ich immer weglief, wenn ich nicht weiterwusste, aber es ging nicht, es ging einfach nicht.

Ich stand da, eingefroren und kalt wie eine Statue, wie das dunkle, schwarze Bach-Denkmal vor der Thomaskirche, wie die skurrilen, schiefen, kranken *Unzeitgemäßen Zeitgenossen* in der Grimmaischen Straße, und auf einmal machte ich einen so schnellen, überraschenden Schritt nach vorn, dass Barsilay, Lola, Zanussi und Leo Meinl erschrocken zusammenzuckten, ich nahm Barsilays Wasserglas vom Tisch und trank die letzten paar Tropfen, die noch in dem Glas waren, so schnell und gierig wie ein Verdurstender aus.

Die Arbeit an diesem Roman wurde gefördert
von der Siegfried-Unseld-Stiftung.

Aus Verantwortung für die Umwelt hat sich der
Verlag Kiepenheuer & Witsch zu einer nachhaltigen Buchproduktion
verpflichtet. Der bewusste Umgang mit unseren Ressourcen,
der Schutz unseres Klimas und der Natur gehören zu unseren
obersten Unternehmenszielen.
Gemeinsam mit unseren Partnern und Lieferanten setzen
wir uns für eine klimaneutrale Buchproduktion ein,
die den Erwerb von Klimazertifikaten zur Kompensation
des CO_2-Ausstoßes einschließt.

Weitere Informationen finden Sie unter
www.klimaneutralerverlag.de

Verlag Kiepenheuer & Witsch, FSC® N001512

1. Auflage 2021

Covergestaltung und -motiv: Walter Schönauer
Gesetzt aus der Adobe Garamond
Satz: Buch-Werkstatt GmbH, Bad Aibling
Druck und Bindung: CPI books GmbH, Leck
ISBN 978-3-462-00082-5

Maxim Biller
Sechs Koffer

Roman

Wer hat Schmil Grigorewitsch verraten? War es einer
seiner schönen, talentierten Söhne? War es seine
ehrgeizige, traurige Schwiegertochter? Oder war
am Ende er selbst, der Schwarzhändler und gütige
Familienpatriarch, daran schuld, dass er vom KGB
verhaftet und zum Tode verurteilt wurde?
Maxim Billers neuer Roman ist ein Krimi, ein
psychologisches Familiendrama und ein literarisches
Meisterstück, das den Leser mit der existenziellen
Frage zurücklässt: Wie würde er selbst handeln,
wenn er sein eigenes Leben retten müsste –
als Held oder als Verräter?

»Dieser Roman ist ein kunstvoll geschliffener
Edelstein. Immer wieder blitzt eine andere Facette auf,
bricht ein anderer Schein hervor, eine neue geschliffene
Seite. Eine Epoche ist darin eingeschlossen, die Härte
einer Zeit, so rätselhaft klar. Großartig, nein, nicht
artig, groß: Maxim Biller.«

Robert Menasse

Maxim Biller
Biografie
Roman

Auf der Flucht vor ihren kleinen Verbrechen und
großen Lebenslügen landen der deutsch-jüdische
Schriftsteller Soli Karubiner und sein bester Freund,
der Millionärssohn Noah Forlani, in Buczacz –
einem kleinen Ort in der Ukraine, aus dem ihre
beiden Familien einst von den Nazis verjagt wurden.
Bis sie dort ankommen, erleben sie das größte
Abenteuer ihres Lebens, pikaresk, wild und komisch.

»Was für ein Buch! Ich bin voller Bewunderung
für Maxim Billers Erzähltemperament. Das
springt einen ja förmlich an. Ich gratuliere, ich
kenne nichts Vergleichbares!«
Elfriede Jelinek

Kiepenheuer
& Witsch

Maxim Biller
Die Tochter

Roman

Dies ist die Geschichte einer großen Liebe.
Dies ist die Geschichte eines großen Verbrechens.
Dies ist die Geschichte von Motti Wind,
dem Israeli, der glaubte, er könnte in Deutschland
sein Glück finden.

»Ein Roman wie von Dostojewski.«

Hannes Stein, Rheinischer Merkur

Kiepenheuer
& Witsch

Im Kopf von Maxim Biller
Essays zum Werk
Herausgegeben von Kai Sina

Maxim Biller schreibt seit dreißig Jahren an einem
Werk, dessen Vielstimmigkeit in der deutschsprachigen
Literatur nach 1945 ohne Vorbild ist. Der von Kai Sina
herausgegebene Band berücksichtigt dieses Werk in
sämtlichen Facetten – Romane, Erzählungen, Essays,
Dramen, Satiren – und vereint selbst vielfältige Ansätze
aus Wissenschaft, Journalismus, Literatur. Um Billers
Stil geht es genauso wie um die großen Themen seines
Schreibens: um Sex, Verrat und Liebe, die langen Schatten
der deutschen Vergangenheit und der stalinistischen
Gewaltherrschaft, um Familiengeheimnisse und das
Schicksal der eigenen Biografie.

»Deutlich wird in diesem Band, dass Maxim Biller sich
seit seinem ersten Buch konsequent einer bestimmten
Aufgabe widmet und dass diese Aufgabe dieselbe ist, die
auch die Generation von Marcel Reich-Ranicki, Grete
Weil und Theodor Adorno zum Entsetzen vieler an
Deutschland gebunden hat: dass in diesem Land dringend
Leute gebraucht werden, die die deutsche Literatur vor
den Deutschen beschützen.«
Felix Stephan, SZ

»Ebenso informativ wie vergnüglich zu lesen.«
René Scheu, NZZ